Des Nouvelles de la Poussière Rouge

Du même auteur,
chez le même éditeur

Mort d'une héroïne rouge, 2001

Visa pour Shanghai, 2002

Encres de Chine, 2004

Le Très Corruptible Mandarin, 2006

De soie et de sang, 2007

La Danseuse de Mao, 2008

Cité de la Poussière Rouge, 2008
(« Piccolo » n° 69, 2010)

Les Courants fourbes du lac Tai, 2010

La Bonne Fortune de monsieur Ma, 2011
(« Piccolo » inédit n° 78)

Cyber China, 2012

Qiu Xiaolong

Des nouvelles de la Poussière Rouge

Traduit de l'anglais (États-Unis)
par Adélaïde Pralon

LIANA LEVI *piccolo*

ISBN : 978-2-86746-664-9

Titre original : *Years of Red Dust II, Stories of Shanghai*

www.lianalevi.fr

Note de l'éditeur

« Mes souvenirs de Shanghai commencent à Zhonghua Li, raconte Qiu Xiaolong, une petite allée située à l'angle des rues du Fujian et de Jinling, non loin de la vieille ville et du jardin Yuyuan. L'été, assis devant leurs maisons, les habitants se retrouvaient pour "la conversation du soir", commentaient l'actualité, racontaient des histoires, s'échangeaient les dernières rumeurs sur le voisinage en mangeant, buvant et riant. Enfant, je me trouvais parmi les auditeurs. Je me souviens qu'à l'entrée de notre cité, un tableau noir récapitulait les événements les plus marquants de l'année, tant sur le plan politique que social. »

Ces bulletins d'information et ce quartier traditionnel où il a grandi ont inspiré au romancier le projet d'un ensemble de nouvelles, le cycle de la Poussière Rouge. À raison d'une nouvelle par année, depuis la proclamation de la République populaire de Chine en 1949 jusqu'à l'actuel « socialisme à la chinoise » en passant par le Grand Bond en avant, le désastre de la Révolution culturelle (1966-1976) et les années Deng Xiaoping, cet ensemble offre un point de vue panoramique sur les métamorphoses qu'a connues le pays et leurs répercussions sur le quotidien de ses citoyens les plus ordinaires.

Après *Cité de la Poussière Rouge* (Liana Levi 2008 et Piccolo n° 69) et *La Bonne Fortune de monsieur Ma* (Piccolo inédit n° 78, 2011), le volume intitulé *Des nouvelles de la Poussière Rouge* couvre dix-huit nouvelles années.

Tableau noir et conversation du soir

(1953)

Ceci est le dernier Bulletin d'information de la Poussière Rouge pour l'année 1953. En janvier, le premier plan quinquennal de développement économique (1953-1957) a été lancé. Un Comité central dirigé par Mao Zedong a été chargé de rédiger la Constitution de la République populaire de Chine. En mars, le grand ami de la Chine Joseph Staline est décédé. Le Premier ministre Zhou Enlai s'est rendu à Moscou à la tête d'une délégation chinoise pour assister aux funérailles. En Corée, l'armistice signé à Panmunjom, près du 38e parallèle, a mis fin à trois années d'affrontement. Nous avons réussi à repousser l'invasion criminelle des impérialistes américains et de leurs alliés. Chez elle comme à l'étranger, la jeune Chine socialiste a vécu une année mouvementée, mais triomphante. Guidés par le président Mao et notre grand Parti, nous avançons à pas de géant vers la construction de notre socialisme révolutionnaire.

*

Petit Long, vous venez d'emménager dans la cité de la Poussière Rouge, une des plus anciennes cités de

Shanghai. Soyez le bienvenu. C'est la première fois que vous assistez à une de nos célèbres conversations du soir devant l'entrée de la cité, n'est-ce pas ? Regardez ces voisins ; ils empilent leurs chaises de bambou et leurs tabourets de bois, s'agrippent à leur service à thé et leur vaisselle en agitant leurs éventails de palme tressée pour emporter le tout vers un endroit *feng shui* au croisement de la rue de Jinling et de la rue du Fujian.

Vous me direz que nous sommes loin d'être les seuls Shanghaïens à pratiquer le *chenfengliang* – cette activité qui consiste à prendre le frais, discuter, échanger des anecdotes et des blagues, bref, à se détendre dehors par une belle soirée d'été. Pourquoi en faisons-nous toute une affaire ici ?

Eh bien, connaissez-vous l'origine de la littérature chinoise classique ? Elle est née des histoires que les gens se racontaient sur les marchés près des temples, sous les dynasties des Song et des Ming. Certains récits, animés par le *feng shui* extraordinaire des lieux, ont été rassemblés dans des recueils célèbres comme les *Contes à tomber de la table* ou encore les *Contes à retomber de la table.* Croyez-moi, le *feng shui* de la cité est incomparable. Regardez le nom à l'entrée : « Cité de la Poussière Rouge ». Celui qui l'a fait graver, sous la dynastie des Qing, était un riche notable de province dont le fils est devenu un membre éminent de la République de Chine et dont le petit-fils est aujourd'hui un cadre de haut rang de la République populaire. N'y a-t-il pas de quoi tomber de la table devant un tel prodige ?

D'ailleurs, l'histoire de la cité alimente généreusement les récits. Depuis la dynastie des Qing, en passant par la concession française, le régime des seigneurs de la guerre, l'occupation japonaise, la république nationaliste, jusqu'au communisme d'aujourd'hui, la Poussière Rouge a traversé les vicissitudes des siècles, toujours debout au cœur de la ville, indifférente à l'usure du temps. Et notre chère cité a su conserver son architecture typiquement shanghaïenne, avec ses maisons *shikumen* traditionnelles et ses habitants également typiques, ordinaires et extraordinaires grâce au *feng shui* particulier du lieu. Comme dit le vieux proverbe : *Peu importe la hauteur des montagnes, tant qu'un dieu y habite ; peu importe la profondeur des eaux, tant qu'un dragon y dort.* Nos histoires sont palpitantes, fourmillant de détails excitants, pleines de rebondissements aussi crédibles qu'inattendus et on ne saurait en trouver de semblables dans les livres.

Pourquoi ? Parce qu'elles parlent de la vie des habitants de la cité, telle qu'eux-mêmes la racontent. Dans nos maisons *shikumen* où les familles vivent les unes sur les autres, où les voisins partagent tout, discutent au quotidien dans la promiscuité de la cuisine commune, où les ragots et les murmures circulent de la cave au grenier, où tant de drames humains se déroulent nuit et jour, il n'est pas nécessaire d'aller chercher très loin pour trouver des sujets. En effet, nous n'avons rien du narrateur témoin qui observe les choses d'un œil détaché. Ni du spectateur indifférent. Nous interagissons avec le récit ; vous ou moi pouvons très bien être amenés à y jouer un rôle, à dialoguer avec certains personnages. Et les histoires d'ici ne se terminent pas toujours par un cliché du style : « Ils vécurent heureux et eurent beaucoup d'enfants. » Elles peuvent se poursuivre de manière imprévue bien après que le mot « fin » a été prononcé par le conteur. Nous avons la possibilité de connaître et même de raconter la suite d'une histoire des années plus tard. Et nous sommes aussi capables d'ajouter des pièces manquantes et de confronter nos points de vue. Ainsi, nous faisons partie de l'histoire tout comme l'histoire fait partie de nous.

Laissez-moi vous parler d'un détail vraiment unique. Regardez le tableau noir derrière les gens assis là-bas. Il est apparu de façon extraordinaire en 1949, suite à une conversation du soir pareille à celle d'aujourd'hui. Si vous voulez en savoir plus, Vieille Racine vous racontera le récit étonnant de son origine. Quoi qu'il en soit, il a rapidement été cité dans le quotidien *Libération* comme un outil d'éducation politique novateur : *Pour tous ceux qui ne lisent pas les journaux, le Bulletin d'information sur tableau noir représente une méthode originale d'instruction civique.* Les bulletins sont apparus avec régularité, notamment le bulletin annuel qui résume les événements politiques et les avancées économiques de notre pays.

Le tableau noir participe au *feng shui* particulier de notre cité. Comment ? En renforçant l'équilibre des éléments – le tableau est fait de bois tandis que le nom de la cité fait référence à la poussière, donc à la terre – et aussi des couleurs – le rouge et le noir. De plus, les bulletins sur tableaux noirs sont chargés du *qi*, l'énergie naturelle ou surnaturelle de notre pays, car ils célèbrent le début de chaque cycle aux premiers rayons du soleil levant. On ne peut ignorer les correspondances qui existent entre les histoires individuelles et les bulletins d'information, de même que la goutte d'eau reflète l'esprit du temps ou que les pièces brisées d'un miroir renvoient chacune une image du monde. Encore une fois, croyez-moi, la conversation du soir a de belles années devant elle à la Poussière Rouge.

Attention, je ne dis pas qu'il n'y a rien de nouveau sous le soleil. Les temps changent, comme vous pourrez le constater dans nos discussions. Des termes nouveaux apparaissent, par exemple la « Libération » employée depuis 1949 et l'arrivée au pouvoir des communistes, ou la « nouvelle société » apparue sous le gouvernement Mao, ou encore le « système de classe » qui permet de ranger les gens par catégories selon un statut défini par la dictature du prolétariat : les travailleurs, qui sont les plus prolétaires, constituent la classe dominante et, avec les fermiers pauvres et les soldats de l'armée de libération, ils sont les « maîtres » de notre société socialiste.

Rassurez-vous, je ne vais pas me lancer dans un grand discours sur les différentes périodes de l'Histoire. Détendez-vous et écoutez cette anecdote qui illustre parfaitement nos conversations du soir. Vous voyez ce jeune homme qui s'engouffre d'un pas rapide dans l'allée, tête baissée ? Mon histoire parle de lui et de sa petite amie, et aussi de notre tableau noir.

Il se nomme Tian Hanru et son amie, Yan Nan, que tout le monde, ici, appelle Hirondelle. Je vais vous raconter leur histoire, du moins en partie, car Tian viendra peut-être poursuivre le récit de son point de vue, comme il nous l'a promis. En effet, il nous doit une explication…

Tian et Hirondelle sont tous les deux nés dans la cité et ont grandi dans la même maison *shikumen*. Sa famille à elle occupait une pièce étroite et sombre sous l'escalier ; celle de Tian disposait de toute une aile au deuxième étage, ce qui en disait long sur l'écart entre les familles. Mais les deux enfants ne s'en souciaient guère ; ils jouaient ensemble et s'asseyaient dehors côte à côte à l'heure du déjeuner. Le garçon tendait des morceaux de porc braisé à la jeune fille qui, en échange, déposait dans son bol quelques pousses de haricots verts. Dans la chaleur étouffante des soirs d'été, ils dormaient parfois dans la cour sur une paillasse ou un fauteuil de bambou. Vous voyez, il n'y a qu'à la Poussière Rouge que deux jeunes peuvent grandir ainsi.

En 1949, quand la ville de Shanghai a accueilli le mouvement de libération communiste, les deux lycéens ont commencé à venir sous le tableau noir et se sont portés volontaires pour rédiger les bulletins d'information à partir des éditoriaux du *Quotidien du peuple*, ajoutant parfois des nouvelles du quartier. Cette activité leur fournissait un prétexte pour rester ensemble, un motif politiquement correct que leurs parents ne pouvaient réfuter. Mais surtout, osons le dire, le *qi* du tableau noir a servi de catalyseur à la flamme qui naissait entre eux.

Membre de la Ligue de la jeunesse, Yan croyait tout ce que les journaux du Parti racontaient et consacrait beaucoup de temps à la rédaction des bulletins. Tian l'aidait de son mieux, ajoutant un mot par-ci par-là, participant pour le plaisir d'être avec elle. Nous nous réjouissions de voir ces deux jeunes gens débattre et discuter tendrement, les mains couvertes de craie de toutes les couleurs, en arrière-plan de nos conversations du soir.

Peu de temps après, Tian est entré à l'université et Yan a commencé des études d'infirmière. Mais le week-end, ils regagnaient la cité et retrouvaient le tableau noir. Bien qu'il étudiât la littérature, c'est elle qui rédigeait toujours la majeure partie des bulletins. Les voisins ont remarqué les traces de craie rose qui coloraient les joues de la jeune fille. Et du jeune homme. Personne ne pouvait ignorer le message que les yeux de l'adolescente adressaient à l'étudiant quand il lui jouait un air de *sheng*[1] près du tableau.

Depuis que la Chine était devenue socialiste, la tradition des mariages arrangés exigeant l'accord des parents et l'égalité du statut social avait cessé d'inquiéter les amoureux. Avec l'apparition du nouveau système de classe, la mutation est allée encore plus loin. La famille d'Hirondelle, appartenant à la classe ouvrière, a gravi un échelon tandis que celle de Tian a été cataloguée capitaliste. Comme dit une chanson récente, dans la nouvelle société les ouvriers sont en haut de l'échelle. Ainsi, le principal obstacle à leur union a d'un coup disparu.

Elle a commencé à travailler à l'hôpital Renji et il a obtenu un poste dans une prestigieuse maison d'édition. Le jeune éditeur, avec ses lunettes à montures dorées, arrivait parfois en avance aux rendez-vous à l'entrée de la cité. En attendant, il dessinait à la craie une fleur ou un oiseau sur un coin du tableau. Et dès qu'elle l'apercevait, elle se précipitait vers lui, sa blouse blanche d'infirmière dévoilant ses jambes galbées, pareilles à deux longues tiges de lotus pâle dans la brise fraîche de l'allée.

1. Orgue à bouche. Ancêtre de l'harmonium et de l'accordéon. *(Les notes sont de la traductrice.)*

Les rumeurs annonçaient leur union imminente. Des voisins avaient même commencé à imaginer les détails de leur vie future. Les parents du jeune homme feraient tout pour assurer le bonheur de leur fils unique. Une des chambres de leur aile pourrait faire office de chambre nuptiale; Tian cherchait déjà des meubles pour l'aménager.

« Un nid pour l'hirondelle », a-t-il plaisanté dans l'allée, un soir qu'il l'avait laissée travailler seule au bulletin d'information.

Mais au début de l'année, soudainement, l'harmonie s'est brisée. La communauté a été déconcertée d'apprendre qu'Hirondelle avait postulé sur un chantier de construction très loin d'ici, dans la province du Guizhou, au sud-ouest de la Chine. Il fallait compter plus de cinq jours de train et encore deux jours de bus pour rejoindre le site. D'après ses parents, elle avait été poussée par l'appel de Mao encourageant la jeunesse à participer à la construction de la Chine socialiste dans les régions qui en avaient besoin, un thème que la jeune fille avait d'ailleurs développé dans un des récents bulletins du tableau.

Qu'allaient devenir les amoureux ? Lors d'une conversation du soir, Tian est venu énumérer les arguments qu'il lui avait opposés. Là-bas, sur le chantier de construction, il n'y avait pas d'hôpital, rien qu'une minuscule clinique de premiers secours. Elle ne pourrait jamais mettre en pratique le savoir qu'elle avait acquis à l'école. Sans parler des conditions de vie dans cette région. Les Shanghaïens se souvenaient encore de l'arrivée massive des réfugiés qui avaient fui les campagnes reculées à la fin des années quarante. Tian avait décidé de ne pas partir, en tout cas pas tout de suite. Quitter la Poussière Rouge ne devait pas être facile, nous étions d'accord là-dessus. Et il avançait une raison pragmatique :

« Là-bas, je ne pourrais rien faire dans mon domaine qui soit utile à notre société socialiste. Il n'y a aucune maison d'édition. Même pas de magazine. »

C'était effectivement un problème. Mais la première question qui se posait était de savoir comment ils réussiraient à entretenir leur relation à distance. La loi accordait aux couples mariés qui travaillaient dans des villes différentes un *tanqinja*, un congé annuel de deux semaines pour se rendre visite. Mais ils n'étaient pas encore mariés.

« Qu'a-t-elle donc dans la tête ? » demandait Tian à tout le monde.

Personne ne pouvait lui répondre. La cité s'est répandue en conjectures. Certains se sont mis en quatre pour obtenir des détails. Par chance, Liu Quatz'yeux, qui vivait dans la même maison que les amoureux, a surpris une discussion animée à travers la cloison fine comme du carton.

Et voici ce qu'il nous a raconté :

« La construction socialiste a besoin de nous, a-t-elle dit. On ne peut pas refuser.

– Mais on peut construire le socialisme n'importe où, a-t-il répondu. On peut apporter notre contribution à Shanghai aussi.

– Si tout le monde raisonne comme toi, les régions sous-développées de notre mère patrie ne sortiront jamais de la pauvreté. »

Après une courte pause, elle a repris la parole :

« Réfléchis, Tian. Quand nous serons vieux et ridés, nos enfants nous interrogeront peut-être : Il y a des années, quand notre jeune république croulait sous les difficultés, qu'avez-vous fait ? Veux-tu que nous répondions que nous étions trop occupés à nous marier et à aménager notre nid douillet ?

– Mais nous ne sommes pas obligés de voir les choses de cette façon. Tu te souviens de l'histoire du pont des pies que nous avons lue ensemble dans la cour ? Une fois par an, le septième jour du septième mois, les pies s'alignent pour former un pont au-dessus de la Voie lactée afin que la constellation du Bouvier et la constellation de la Tisserande puissent se rejoindre une nuit[1]. Malheureusement, ce n'est qu'une métaphore poétique.

– Bien sûr, c'est une métaphore, mais que dis-tu de celle-ci que j'ai lue dans le *Quotidien du peuple : Si notre mère patrie a besoin de nous comme le blessé a besoin de sang neuf, et que je refuse de lui prêter secours, je mourrai de honte quand je penserai à tous ceux qui ont tendu la main.* »

« Ils tiennent encore l'un à l'autre, a commenté Vieille Racine. Mais il parle comme un habitant ordinaire de la cité et elle, comme nos bulletins d'information. »

Finalement, quelles objections pouvait formuler Tian à la nécessité d'œuvrer pour la révolution et la construction socialistes ?

Hirondelle a passé son dernier week-end dans la cité à rédiger le bulletin d'information. Le résumé d'un article

1. En Chine la constellation de la Lyre (Lyra) est connue sous le nom du Bouvier et la constellation de l'Aigle (Aquila) sous le nom de Tisserande.

paru dans le *Quotidien de la Jeunesse de Chine* incluait une citation extraite d'un roman russe, *Et l'acier fut trempé,* de Nikolaï Ostrovski : *Rien de plus précieux pour l'homme que la vie qu'il reçoit une fois pour toutes et qu'il doit essayer de remplir de façon à bannir toute honte et tout regret, à n'avoir pas à rougir d'un passé mesquin et malpropre, à pouvoir se dire, en mourant, que toutes ses forces, il les avait consacrées à ce qu'il y a de plus noble dans le monde : la lutte pour l'émancipation humaine*[1].

Et elle est partie, debout sur un camion couvert de slogans et de bannières colorées, au son des tambours et des gongs qui fêtaient son départ, une fleur de papier rouge fièrement éclose sur sa jeune poitrine. Tian a couru derrière le véhicule jusqu'à ce que le grondement ait disparu au loin. Au croisement de la rue de Shandong et de la rue de Jinling, il s'est arrêté, penaud, couvert de la poussière soulevée par le camion.

Par la suite, on le voyait sans cesse descendre les escaliers pour ouvrir et fermer la boîte aux lettres blanche fixée sur la porte peinte en noir de sa maison. Mais passé les deux ou trois premières semaines, il la trouvait le plus souvent vide. Hirondelle devait être très occupée là-bas. Les voisins le surprenaient en train de relire ses lettres tard dans la nuit, silhouette solitaire découpée contre la faible lumière de la fenêtre.

Il s'est désintéressé des bulletins d'information, alors le comité de quartier a pris la relève. Il venait aux conversations du soir nous demander conseil. Comme dit un

---

1. Traduit du russe par V. Feldman et P. Kolodkine, éditions Le temps des cerises, Paris, 2001.

poème de Su Dongpo, *on ne voit pas bien les montagnes lorsqu'on se trouve au milieu.*

Nous avons essayé de le rassurer en lui disant qu'elle finirait bien par rentrer. Mais dans ce cas, elle ne pourrait pas récupérer son ancien poste à l'hôpital. Tian a répondu que cela lui était égal pourvu qu'elle revienne. Les parents des deux familles semblaient se ranger à son avis.

Pourtant, plus de six mois sont passés sans le moindre présage de retour. Au contraire, ses lettres se faisaient aussi rares que des oies sauvages fourvoyées dans le Nord.

D'après ses parents, elle travaillait très dur et venait d'envoyer sa demande d'adhésion au Parti communiste.

Au comble de l'accablement, Tian ne pouvait plus attendre. Il a rapporté des manuscrits chez lui et travaillé la nuit jusqu'à obtenir vingt jours de congé pour faire le voyage jusqu'au Guizhou. Connaissant la pénurie qui sévissait là-bas, il a pris la peine de fourrer dans sa valise un sac de riz cristal de Qingpu, ainsi qu'une pile de poissons séchés. On racontait que les habitants du Guizhou, une région montagneuse, avaient l'habitude de servir des poissons en bois pour le dîner du nouvel an.

Un soir, nous avons vu Tian sortir de la cité, chargé de bagages.

« Tu nous raconteras tout ce que tu as vu dans le Guizhou, Tian.

– Promis », a-t-il répondu d'un air joyeux.

Deux semaines plus tard, il était revenu, mais il nous évitait en se faufilant discrètement par l'entrée latérale de la cité. Nous n'avions aucune idée de ce qui s'était passé là-bas.

Peu de temps après, Tian a été surpris dans la cité en compagnie d'une jeune fille vêtue d'un qipao fleuri à longue fente perchée sur des talons hauts. La nouvelle a fait l'effet d'un caillou lancé au milieu du lac paisible de l'imagination des voisins. Les interprétations ont fusé de tous côtés comme des éclaboussures.

« Le temps altère tout, comme dans un poème de la dynastie des Song, a déclaré Vieille Racine en hochant la tête avant de citer en soupirant : *Cette porte, ce jour. L'année dernière, / Ton visage rougissant, / Et les visages rougissants / Des fleurs de pêcher reflétant / Le tien. // Cette porte, ce jour / Cette année, où es-tu, / Toi, dans les fleurs de pêcher ? / Les fleurs de pêcher encore / ici, riant / À la brise du printemps.*

L'autre jour, nous avons fini par interpeller Tian. Il a promis de nous fournir une explication, ce qu'il nous doit bien après tous les conseils qu'il est venu nous demander… Hé, quand on parle du loup, le voilà qui arrive d'un pas traînant. Il tombe à pic car j'ai plus ou moins terminé mon récit. Écoutons ce qu'il a à nous dire.

« Eh bien, vous voulez savoir ce qui s'est passé là-bas… En réalité, on pourrait débuter l'histoire plus tôt, le jour où nous nous sommes disputés au sujet du tableau noir, mais ce serait trop long à raconter. En fait, les premières semaines après le départ d'Hirondelle, elle m'a écrit assez régulièrement et puis elle a été trop occupée, du moins, c'est ce que j'ai imaginé. Elle n'évoquait jamais la possibilité d'un retour à Shanghai. Dans une de ses rares lettres, elle m'exhortait à changer mon regard sur les choses : *Il n'y a qu'en nous consacrant pleinement à la grande construction de la nouvelle Chine socialiste que nous pourrons envisager un réel avenir entre nous.*

« J'ai donc commencé à préparer mon voyage dans le Guizhou. Je voulais la convaincre de revenir. En cas d'échec, j'étais également prêt à creuser des pistes là-bas. J'aurais cherché du travail, peut-être dans un petit journal local. Je ne pouvais pas laisser les montagnes et les rivières nous séparer plus longtemps.

« Je suis arrivé après cinq jours et six nuits de voyage. Personne n'est venu m'accueillir à l'arrêt de bus et j'ai dû marcher deux heures, une carte à la main. À la clinique, elle s'est excusée en disant qu'elle avait passé l'après-midi à s'occuper d'un ouvrier gravement blessé. L'unique médecin avait démissionné et elle se sentait désormais responsable de tout le personnel du chantier, plus de deux mille personnes.

« Il n'y avait ni hôtel ni auberge. L'établissement le plus proche se trouvait à presque cent kilomètres. Elle m'a installé dans un dortoir avec des ouvriers, six hommes tassés comme des sardines. Je ne me suis pas plaint. Mais elle m'a présenté à eux comme son cousin. De toute évidence, elle voulait tenir notre relation secrète.

« Et elle avait toujours quelque chose à faire. Le lendemain, elle n'a pas trouvé le temps de me voir. Le troisième jour, elle m'a parlé à peine un quart d'heure, comme à un vague parent, sans jamais aborder le sujet de notre avenir commun. Mes voisins de chambre étaient perplexes. Comment un cousin pouvait-il venir de si loin pour avoir ce type de conversation ?

« Et puis un bruit est arrivé à mes oreilles. Dernièrement elle avait passé beaucoup de temps avec

Jin, le commissaire du peuple et le numéro un du Parti de la région, un vétéran de la Révolution, membre du Parti depuis les années quarante. Un veuf d'une petite quarantaine d'années qui s'occupait seul de sa fille. Hirondelle veillait sur lui quand il était malade à force de travailler si dur. Très occupé par les affaires du Parti, il laissait souvent sa fille sans surveillance et Hirondelle venait volontiers s'occuper d'eux.

« J'ai décidé d'avoir une nouvelle discussion avec elle. Elle m'a donné rendez-vous le soir même, mais à dix heures, elle n'était toujours pas là. Pas de téléphone dans le dortoir. Je commençais à m'inquiéter. Je suis donc parti dans la nuit vers la clinique.

« Elle a peut-être été retenue par une urgence, me disais-je en chemin. Effectivement, son profil se dessinait sur le rectangle d'une fenêtre en papier. Par une fente déchirée, j'ai regardé furtivement à l'intérieur et j'ai vu qu'elle n'était pas en train de travailler, mais de s'occuper de la fille du commissaire Jin. Elle chantonnait une berceuse en souriant. J'ai été sonné, foudroyé par le rayonnement maternel de son visage. Elle s'oubliait complètement. Il était plus de dix heures et demie. Je n'avais aucune idée de l'heure à laquelle Jin viendrait récupérer la petite, et peut-être sa baby-sitter avec. Que se passerait-il alors ? Je n'en savais rien, mais je savais qu'elle ne viendrait pas à notre rendez-vous.

« Réfléchissez un instant. Vu la longueur du trajet, je ne pouvais pas rester là-bas plus d'une semaine. Jin avait beau être occupé à diriger la construction socialiste, Yan n'était pas obligée de garder sa fille, du moins pas ce soir-là. Pourquoi acceptait-elle ? L'explication sautait aux yeux.

« Je suis donc parti dès le lendemain.

« N'imaginez pas que je vous raconte tout ça pour me justifier. Vous croyez que c'est facile pour moi, d'avouer qu'elle m'a quitté pour un vieux cadre du Parti ? C'est pour ça que j'ai préféré ne rien dire. En tant que fils unique, j'ai subi une forte pression de la part de mes parents. Il fallait que je trouve une autre fiancée, et vite. J'ai donc invité l'autre fille dans la cité. Certains voisins sont venus faire des reproches à mes parents, disant qu'ils auraient dû m'empêcher de remplacer Hirondelle par une jeunette de Shanghai qui m'entraînerait dans un mode de vie bourgeois. J'en ai eu assez. J'ai donc décidé de venir vous dire la vérité ce soir.

« Cette nuit-là à la clinique, quand je suis resté tremblant à écouter Hirondelle chanter sa berceuse, j'ai compris qu'elle ne volerait jamais plus vers la cité de la Poussière Rouge. Au fait, vous savez ce qu'elle chantait ? Une chanson sentimentale. Je m'en souviens parfaitement. »

Tian se lève pour partir et se met à chantonner la berceuse d'une voix sarcastique : « *Petite hirondelle, petite hirondelle / Tu reviens ici tous les printemps. / Réponds-moi si tu veux bien. / Pourquoi trouves-tu le printemps si charmant ? / Je vais te dire un secret, petite hirondelle. / Au printemps prochain, tout sera plus beau. / Les cheminées des usines se dresseront jusqu'au ciel, / les nouvelles machines battront des records. / Tu pourras rester plus longtemps encore...* »

« Tian est parti, reprend doucement Vieille Racine. J'ai vu ces deux jeunes gens grandir dans la cité. Non, je ne crois pas qu'il ait inventé cette histoire pour se justifier, même si sa version n'est peut-être pas fiable à cent pour cent. Il est fils unique, il subit forcément la pression de ses parents ; il était obligé de leur présenter une nouvelle fille. Mais je ne crois pas qu'Hirondelle ait été attirée par la position du commissaire du peuple. Les temps ont bien changé. Lisez les journaux, écoutez la radio, on nous assomme de propagande révolutionnaire pour la construction de la Chine socialiste. Cela ne peut qu'influencer une jeune fille comme elle. Souvenez-vous de l'énergie qu'elle mettait dans la rédaction des bulletins d'information de notre cité.

– Vous voulez dire qu'au lieu d'écrire le bulletin, c'est le bulletin qui a écrit son destin ? interrompt un jeune membre de l'assemblée. Ou qui lui a lavé le cerveau ?

– C'est vous qui employez cette expression, pas moi, répond Vieille Racine avec réserve. Vous vous souvenez du dernier bulletin qu'elle a rédigé ? Elle citait un paragraphe d'un roman russe. J'ai lu ce livre. C'est drôle, nos deux jeunes gens ont inversé les rôles des personnages du roman. Elle est comme Pavel, l'archétype du héros bolchevik, prêt à tout sacrifier au nom de la construction socialiste, tandis que lui ressemble à Tonia, l'amour de jeunesse de Pavel qui, par égoïsme, choisit la voie du confort et de la facilité. Du moins, c'est comme ça que Tian a dû paraître aux yeux de notre Hirondelle.

– Elle a forgé sa conception du monde sur les bulletins d'information, commente un autre. C'est là que leur amour est né et là qu'il a pris fin. Le commissaire du peuple et la construction socialiste ont dû se fondre en une seule et même chose : la cause sacrée de l'édification de la nouvelle Chine communiste. Hirondelle a été emportée par sa fièvre révolutionnaire. Sa séparation d'avec Tian était inévitable. »

Suite à cette remarque, un bref silence retombe à l'entrée de la cité. Un oiseau noir apparaît soudain, virevoltant dans le ciel, tourne autour de l'unique lampadaire et s'élance sans crier gare vers le tableau noir, le heurtant de toutes ses forces avant de remonter vers le ciel et de disparaître dans la nuit, pareil à un mauvais augure.

« Eh bien, n'en parlons plus. Les jeunes ont raison de répondre à l'appel du Parti et de s'engager dans la construction et la révolution socialistes. Petit Long, c'est la première fois que vous assistez à une conversation du soir, n'est-ce pas ? »

L'air légèrement embarrassé, Vieille Racine change de sujet.

« Soyez le bienvenu. Vous reviendrez écouter d'autres histoires sous le tableau noir de la cité de la Poussière Rouge, j'en suis sûr. »

La libération de la femme

(1956)

Ceci est le dernier Bulletin d'information de la Poussière Rouge pour l'année 1956. Encore une année de progrès pour la révolution et la construction socialistes. En début d'année, place Tian'anmen, à Pékin, une manifestation a rassemblé plus de 200 000 personnes venues fêter la reconversion des entreprises et des commerces privés en « propriétés mixtes » appartenant à la fois aux individus et à l'État. En mai, à la Conférence suprême de l'État, le président Mao a proposé « que cent fleurs s'épanouissent, que cent écoles rivalisent » dans le domaine des arts, de la littérature et de la recherche universitaire. Le Huitième Congrès national du Parti communiste chinois (PCC) a signalé que le système socialiste était bien établi en Chine et que la mission principale du peuple était désormais de concentrer ses efforts sur le développement d'une force productive sociale. La Chine a brillamment réussi à adapter l'agriculture, l'artisanat et l'industrie capitaliste au modèle économique socialiste.

*

Un samedi après-midi au début de l'été, au seuil de la cité de la Poussière Rouge, plusieurs personnes étaient déjà installées, plus tôt qu'à l'accoutumée.

Meijuan est passée devant le groupe, la tête baissée sur le panier de bambou débordant des produits qu'elle ramenait du marché et du magasin d'épices où elle s'était arrêtée sur le chemin du retour. Elle a ralenti le pas en entendant un homme parler de Confucius avec force gestes.

« Le confucianisme n'est pas une philosophie, c'est une éthique, un système de pensée qui nous dit ce qu'on doit faire et ce qu'on ne doit pas faire. Confucius a été pendant des milliers d'années et continue d'être le grand précepteur des Chinois. »

L'homme qui parlait, surnommé Vieille Racine, avait l'habitude de ponctuer ses discours de proverbes confucéens dont certains étaient familiers à Meijuan. La famille de la jeune femme, originaire de la campagne de Ningbo, n'était pas éduquée, mais on y citait régulièrement des proverbes de Confucius entendus ici et là et on les appliquait à tout un tas de choses. Une citation qui l'avait déconcertée quand elle était petite fille lui est soudain revenue en mémoire.

La femme obéit à son père avant son mariage, à son mari quand elle est mariée, et à son fils quand elle perd son mari. Quel que soit le « rôle » que l'homme jouait au sein de la famille, le « rôle » de la femme était d'obéir.

Meijuan s'est dirigée rapidement vers l'évier commun situé devant sa maison *shikumen* et, le dos courbé, elle a commencé à laver un bouquet de bourses-à-pasteur qu'elle a sorti de son panier. Parfois, les voisins qui partageaient la maison attendaient leur tour devant l'évier, mais ce jour-là, la chance était avec elle. Elle avait l'évier couvert de mousse pour elle toute seule. Les autres avaient sûrement déjà fini les préparatifs du dîner. Son mari, Jiaqiang, l'avait prévenue qu'il rentrerait tard car il devait assister à une réunion politique à l'usine où il travaillait.

« Vous êtes en retard aujourd'hui, Meijuan Jeune Mariée », a remarqué Sansan, une voisine de la maison mitoyenne qui sortait vider son crachoir.

Meijuan était mariée depuis quatre ans et cela faisait déjà deux ans qu'elle était venue habiter à Shanghai, mais certains voisins continuaient à l'appeler Jeune Mariée. Elle a rougi subitement.

« Jiaqiang va rentrer tard ce soir.

– Voilà un sacré panier.

– J'ai fait la fermeture du marché. Les vendeurs bradaient, alors j'ai acheté beaucoup de choses. »

Ce n'était pas la seule explication. Elle voulait concocter un dîner de fête pour Jiaqiang. Sous le somptueux bouquet de bourses-à-pasteur, au fond du panier de bambou, se tortillait une tortue vivante. Mais Meijuan n'avait pas l'intention de tout dire à sa voisine.

Le mariage de Jiaqiang et Meijuan avait été arrangé par leurs parents. En chinois, il suffit d'ajouter un demi-trait au-dessus du caractère qui signifie « paradis » pour obtenir le mot « mari », avait dit le père de Meijuan à sa fille. Elle avait donc volontiers embrassé son rôle d'épouse. Quelques années plus tôt, Jiaqiang était parti pour Shanghai et un peu plus tard, elle l'avait suivi.

Quand elle l'avait rejoint, il s'était déjà installé dans une sombre pièce meublée de la cité. Ses talents de bricoleur lui avaient permis de construire un foyer élégant et confortable. Toujours prêt à s'acquitter des tâches assignées aux hommes, il ne se plaignait jamais et se contentait facilement d'une poignée de cacahuètes et d'un petit verre de vin de riz de Shaoxing. Compte tenu de leurs maigres ressources, elle s'efforçait de ne pas dépenser un sou de trop. L'habileté de la femme et l'ingéniosité du mari faisaient bon ménage.

En apparence, elle n'avait aucune raison de se plaindre de son existence à la Poussière Rouge, mais elle avait du mal à imaginer un avenir épanoui dans l'étroite pièce de douze mètres carrés, avec un emploi du temps rythmé par les courses au marché, la cuisine dans la salle commune à quinze autres familles, l'attente du retour de son mari et l'extinction des feux à la fin de la journée... Une routine immuable qu'elle partageait avec toutes les autres femmes de la cité.

Mais la nouvelle société se construisait, se disait-elle en relevant la tête de sa besogne dans l'évier. Malgré son éducation sommaire, ce jour-là, elle avait réussi à déchiffrer un article du *Quotidien du peuple* et elle en avait discuté avec plusieurs voisines. Elle avait notamment retenu cette citation du président Mao : *Les femmes peuvent soutenir la moitié du ciel.*

« Cela signifie que nous, les femmes, nous pouvons accomplir le même travail que les hommes, avait-elle expliqué. Et que nous pouvons participer de la même manière à la construction socialiste. »

Une discussion animée s'en était suivie. D'après le *Quotidien du peuple,* la révolution socialiste impliquait, entre autres choses, une libéralisation du statut de la femme en tant que force productive à part entière. Elles avaient entendu parler d'emplois occasionnels qui se créaient dans les usines d'État, mais elles n'étaient pas sûres de les obtenir. La plupart d'entre elles approchaient de la cinquantaine et ne possédaient aucune compétence hormis celles acquises à la maison en cuisine et en couture.

« Mon mari travaille pour la municipalité, au Bureau de l'industrie légère », avait lancé Xiaohong, une femme au foyer d'âge mûr qui vivait au fond de l'allée. « Les temps ont changé depuis la Libération. Notre gouvernement soutient les ouvriers, il a exigé une quantité de vêtements de protection pour les travailleurs : des gants, des chapeaux et je ne sais quoi d'autre. Mais l'usine chargée de les fabriquer n'est pas pressée de s'en occuper parce que les marges sont très faibles sur ces produits. Nous pourrions récupérer la commande. Ça n'est pas grand-chose, mais c'est un début.

– Oui, on pourrait faire ce genre de travail », avait rajouté Huifen, une voisine qui passait beaucoup de temps avec Meijuan. « Nous sommes de bonnes couturières.

– On n'a qu'à monter une unité de production de quartier, avait proposé Meijuan avec enthousiasme. En réponse à l'appel du président Mao.

– Une unité de production, c'est une idée fantastique, avait répondu Xiaohong. Il paraît qu'il y a déjà des ateliers de ce type dans certains quartiers. C'est un nouveau phénomène de la construction socialiste. Mais avant de commencer, il faut trouver un local.

– Les Fang, dans l'allée secondaire, ont été envoyés à la campagne à cause de certains problèmes liés au passé de monsieur Fang. Le premier étage de leur maison est libre. On pourrait s'en servir, et aussi prendre un bout de la cour, si besoin.

– Une fois que nous serons lancées, le gouvernement local nous soutiendra », avait conclu Meijuan.

Emballée par cette résolution, Meijuan s'était rendu compte qu'elle devait encore consulter son mari. Si leur plan fonctionnait, elle devrait passer beaucoup moins de temps chez elle. Comment allait-il réagir ?

Elle avait donc décidé de lui préparer un bon dîner.

Un sifflement de pigeon a traversé le ciel au-dessus de la cité. Meijuan a ramené ses pensées vers la besogne en cours dans l'évier noirâtre. Après avoir rincé les légumes, elle a saisi la tortue, un animal de taille moyenne qui gardait obstinément la tête enfoncée dans sa carapace. Elle a appuyé fermement son pied sur le dos du reptile, agité une baguette pour l'attirer dehors et lui a coupé la tête d'un coup de couteau tranchant. Les mains et les pieds maculés de sang, elle s'est dit que la tortue serait la pièce maîtresse de son dîner.

Elle s'est alors rendue dans la cuisine commune où elle a placé la tortue dans un cuit-vapeur en bambou avec beaucoup de gingembre et d'échalotes. Après avoir retiré la viande du feu, elle a fait sauter les bourses-à-pasteur dans un wok. Pour l'entrée, elle a préparé des fines tranches d'œuf de cent ans et une sauce soja relevée de miettes de gingembre finement hâché.

Un dîner succulent, assurément, a-t-elle conclu une heure plus tard en contemplant la table dressée au centre de la petite pièce. Et elle s'est frotté les mains de satisfaction.

Puis elle a sorti de sous le lit une bouteille de vin de riz jaune de Shaoxing qu'elle prévoyait de réchauffer quand son mari serait rentré.

« Quel festin tu nous as préparé ! » s'est exclamé Jiaqiang, surpris et heureux de découvrir le banquet qui s'offrait à lui.

Il s'est assis à table sans se laver les mains.

« Qu'est-ce qu'on fête ?

– Tu travailles tellement dur. »

Munie de ses baguettes, elle a déposé les bourses-à-pasteur dans le bol de riz de son mari avant d'ajouter une cuisse de tortue.

« Toi aussi, tu travailles dur, Meijuan.

– La viande de tortue possède certaines vertus », a-t-elle dit dans un sourire timide, consciente soudain du sous-entendu quant aux prétendus effets du plat.

« Je n'ai pas besoin de ça, a répondu Jiaqiang en tendant la main pour tapoter affectueusement celle de sa femme. Avec toi, j'ai tout ce qu'il me faut. »

Pour lui faire plaisir, elle a bu une petite gorgée de vin et le rose lui est monté aux joues.

« Je voudrais te parler de quelque chose, Jiaqiang. »

Elle lui a découpé une deuxième cuisse de tortue avant de commencer à lui exposer son projet d'unité de production de quartier.

À son grand étonnement, Jiaqiang l'a écoutée attentivement sans essayer d'intervenir.

« Comme dit le président Mao, *les femmes peuvent soutenir la moitié du ciel* », a-t-il finalement articulé en hochant la tête, reprenant la phrase qu'elle avait citée plus tôt.

« C'est merveilleux que tu essaies d'apporter ta contribution à notre société socialiste.

– Ton soutien m'est précieux, Jiaqiang.

– Eh bien, moi aussi, j'ai quelque chose à t'annoncer. Je viens d'envoyer ma candidature pour devenir membre du Parti. Toi aussi, tu devrais poursuivre cet objectif. Nous sommes camarades à présent.

– Des camarades ?

– Oui, des camarades. Tous ceux qui travaillent pour la cause sacrée du communisme sont camarades. Mais j'ai quelques questions à te poser, a-t-il ajouté en posant son verre de vin sur la table. Imaginons que tu trouves un local, l'appartement vide de la maison *shikumen,* comme tu dis, où trouveras-tu tes machines ?

– Je travaillerai sur celle de la maison, j'espère que ça ne te dérange pas. Bien sûr, je continuerai à coudre pour la famille. Les autres apporteront les leurs là-bas aussi.

– Tu peux prendre notre machine, je n'y vois aucun inconvénient, mais elle est vieille et lente. Comment veux-tu que ton atelier rivalise avec les grandes usines ?

– Eh bien… »

Elle était de plus en plus étonnée par l'attitude de son mari. Au lieu de montrer le moindre signe de contrariété, il paraissait sincèrement préoccupé par les problèmes que l'éventuelle unité de production risquait de rencontrer.

« C'est justement ce qui m'inquiète, a-t-elle confié.

– Et si on installait un petit générateur ?

– Comment ?

– Un moteur avec une courroie qui relierait toutes les machines. Une chaîne de production électrique, en quelque sorte. Cela vous éviterait de pédaler comme des folles toute la journée. Avec ça, les machines tourneraient à plein régime.

– Ce serait merveilleux, a-t-elle dit en retenant son souffle. À quelle allure ?

– Au moins cinq ou six fois plus vite qu'à la maison, a-t-il expliqué avant d'avaler une gorgée de vin moelleux et ambré. Mais il faudra faire attention. On peut facilement avoir le doigt transpercé par l'aiguille.

– Comment sais-tu tout cela, Jiaqiang ?

– Un de mes collègues a installé un système similaire dans une nouvelle usine. J'ai pensé que je pourrais faire la même chose pour toi. Mais comme tu ne couds pas beaucoup à la maison, je ne t'en ai pas parlé.

– Mais combien coûterait cet équipement ? Le moteur et la courroie ? Sans parler des autres pièces nécessaires à la mise en place d'une chaîne de production, comme tu dis.

– Ne t'en fais pas pour ça. Je dégoterai bien un vieux générateur quelque part, on peut en trouver en bon état pour presque rien. Et des vieilles courroies aussi.

– Et chacun pourrait apporter du matériel de chez soi, comme des tabourets et des ciseaux. »

Elle visualisait déjà l'atelier. Grâce au moteur électrique, ils pourraient augmenter leur production, peut-être même rapidement se développer et engranger des bénéfices.

« Comme nous l'enseigne le Parti, tout le monde devrait apporter sa pierre au grand édifice de la construction socialiste, a-t-elle déclaré.

– Tu parles déjà comme un membre du Parti. »

La nuit était chaude. Elle se sentait grisée, même après une seule gorgée de vin de riz.

Plus tard, elle s'est levée pour débarrasser. À table, Jiaqiang a commencé à esquisser un schéma de la chaîne de production. Deux camarades égaux. Œuvrant ensemble pour la construction de la Chine nouvelle, ils pourraient faire des miracles.

Cette nuit-là, Jiaqiang s'est montré pour elle un camarade incroyable. À Ningbo, il s'était arrêté après l'école élémentaire, mais à Shanghai, il avait suivi des cours du soir et il était désormais capable de concevoir des plans de production pour son usine et d'aider sa femme dans son grand projet.

Elle s'est rapprochée de lui pour regarder par-dessus son épaule. Une partie du schéma apparaissait déjà sur le papier : deux rangées de machines reliées en dessous par une courroie et au milieu, un objet allongé qui ressemblait à un abreuvoir.

« Regarde l'abreuvoir. Les produits finis pourront glisser directement dedans. Ça vous permettra aussi d'augmenter le rendement.

– Tu es génial ! s'est exclamé Meijuan en lui tendant une serviette chaude. Oui, l'une de nous pourra plier les produits finis et les préparer pour l'expédition. Ce n'est pas comme coudre à la maison, c'est comme une véritable usine. Mais ne te précipite pas trop, Jiaqiang. Nous avons encore des tas de choses à régler. Il est temps d'aller au lit.

– Allez, au lit », a-t-il répété en levant la tête pour voir son impatience se refléter dans les grands yeux étincelants de sa femme.

Au bout de quatre ans de mariage, elle se montrait toujours réservée avec lui. D'abord, fidèle aux proverbes confucéens, elle faisait grand cas du respect des convenances féminines. Mais cette nuit-là, elle se sentait différente. Les joues brûlantes, elle a déboutonné son chemisier spontanément, sans attendre un geste de la part de son mari. Puis elle s'est glissée sur le lit, le regard tendu, sans tirer la couverture sur son corps nu. Et sans éteindre la lumière.

« Nous sommes des camarades », a-t-elle murmuré, sentant vaguement la saveur traînante de la chair de tortue qu'il déposait sur sa bouche.

Étonnée par la fulgurance de son désir, elle a senti qu'elle cessait d'être uniquement sa femme, la créature obéissante et soumise qui s'allongeait passive en attendant qu'il ait fini.

Cette pensée a renforcé son ardeur. Cette nuit devenait plus intense que tout ce qu'elle avait vécu auparavant. Au moment où il est entré en elle, elle s'est mise à son tour à bouger en rythme, enroulant pour la première fois ses jambes autour du dos de son mari. Il se montrait tellement viril qu'elle s'est demandé si ce n'était pas un des effets prodigieux de la tortue. Il pilonnait énergiquement, sans relâche, comme une des machines électriques de l'atelier de ses rêves. Puis elle s'est retournée sur lui, avide de le laisser jouir d'elle le plus possible. Stupéfaite, elle a senti ses cuisses se convulser comme jamais.

Dehors, un miaulement soudain a allumé un sourire sur ses joues cuisantes.

À l'instant de l'orgasme, elle a eu l'impression que le monde se brisait en mille étincelles dans la nuit, comme un feu d'artifice en l'honneur de l'unité de production de la Poussière Rouge.

Le dictionnaire des proverbes chinois

(1957)

Ceci est le dernier Bulletin d'information de la Poussière Rouge pour l'année 1957. Cette année, lors de la onzième session élargie de la Conférence suprême de l'État, le président Mao a prononcé le fameux discours : « De la juste solution des contradictions au sein du peuple ». Le Comité central a lancé la campagne de rectification au sein du Parti pour lutter contre la bureaucratisation, la sectorisation et la partialité et répondre aux besoins liés à la transformation socialiste. Le PCC et le gouvernement ont organisé dans tout le pays une série de forums rassemblant des personnalités de la culture, de l'enseignement, des sciences et des technologies. Peu de temps après, le Comité central du Parti a émis une directive : « Rassemblons nos forces pour repousser les attaques sauvages de la droite. » Un mouvement anti-droitiste s'est répandu rapidement dans tout le pays et un nombre considérable d'intellectuels ont été accusés et condamnés pour dissidence. Au cours de la troisième session plénière du Huitième Congrès du Parti, le président Mao a répété que les principales contradictions de la Chine étaient celles qui opposaient la classe ouvrière à la bourgeoisie et la voie du socialisme à la voie du capitalisme. Le président Mao s'est rendu en Union soviétique à la tête d'une délégation du Parti communiste chinois pour assister au quarantième anniversaire de la révolution d'Octobre. À la fin de l'année, le premier plan quinquennal de développement économique s'est achevé. Le rendement total de la production industrielle annuel a augmenté de 129 % par rapport à 1952.

*

Parmi les livres d'école que Teng Hua transportait de la cité de la Poussière Rouge à l'école élémentaire, le *Dictionnaire des proverbes chinois* était son préféré.

C'était à cause de l'importance que le professeur Yang accordait à l'enseignement des proverbes. Comme il le répétait, il devait y avoir une profonde sagesse dans ces dictons pour qu'ils soient transmis de génération en génération depuis des milliers d'années. Le professeur n'avait qu'une trentaine d'années, mais il avait beaucoup lu et il était capable de transmettre à ses élèves une petite histoire ou une anecdote sur chacun des proverbes et de leur en résumer le sens en seulement quelques phrases. Par exemple, un jour, il leur avait raconté la fable illustrant la formule : *Duc Ye aime les dragons.*

« Pendant la période dite des Printemps et Automnes, entre 770 et 221 avant J.-C., un homme appelé le duc Ye prétendait nourrir une telle passion pour les dragons qu'il s'entourait de tout ce qui avait trait à ces créatures : des tasses aux motifs de dragons, des vêtements brodés, des meubles sculptés et même une gigantesque fresque qui couvrait le mur de son bureau. Il parlait à tout le monde de son amour des dragons. Apprenant qu'il avait un si grand admirateur dans le monde terrestre, un dragon descendit du ciel pour rendre visite au duc. Mais quand il aperçut le vrai dragon, le duc Ye eut si peur qu'il détala comme un lièvre.

« Le proverbe est maintenant employé pour décrire les gens qui font semblant de s'intéresser à quelque chose. Il suffit de parler d'un duc Ye pour que, selon le contexte, les gens comprennent l'allusion. »

En composition, le professeur Yang avait tendance à donner de meilleures notes aux élèves qui savaient employer les proverbes à bon escient. Du moins, c'était ce qu'avait remarqué Teng, qui était trop malin pour partager cette découverte avec ses camarades.

Bientôt, le minuscule dictionnaire s'est trouvé tout écorné. Partout où il allait, Teng l'emportait dans sa poche ou dans sa sacoche et il tendait toujours l'oreille quand il entendait quelqu'un citer un proverbe. Il venait même parfois assister aux conversations du soir de la Poussière Rouge juste pour parfaire son savoir. Car le professeur Yang l'avait mis en garde contre l'emploi erroné des proverbes.

« Tout l'art consiste à employer le bon proverbe au bon moment, avait dit le professeur en faisant tourner un morceau de craie entre ses doigts comme une baguette magique. Un proverbe est semblable à un ruban dans les cheveux. Un papillon dans la coiffure d'une jeune fille parfait son charme, mais un étalage de falbalas produit un effet désastreux. »

Plus Teng étudiait, plus il considérait les proverbes comme l'héritage du passé glorieux de la civilisation chinoise.

Au début de l'année, le professeur Yang a enseigné une nouvelle devise à sa classe : *Que cent fleurs s'épanouissent ; que cent écoles rivalisent.* D'après lui, la citation ne parlait pas des écoles primaires ou des collèges, mais des écoles de la pensée qui fleurissaient pendant la période des Printemps et Automnes, comme l'école confucéenne, l'école taoïste, l'école légaliste… À l'époque, grâce à la liberté d'expression et un environnement propice au dialogue, un nombre considérable de philosophes était apparu, participant ainsi à la fondation de la civilisation chinoise.

« C'est une devise magnifique. La première moitié de la phrase introduit une image et vient renforcer le sens de la seconde partie grâce au parallélisme parfait, comme dans un poème imagiste. Le printemps est fait de centaines de variétés de fleurs, de même il est nécessaire que différentes écoles puissent cohabiter en toute liberté. Ce n'est que dans ce contexte que le peuple chinois pourra inaugurer le printemps de la construction révolutionnaire socialiste. »

Le professeur Yang a ajouté d'un ton exalté :

« Savez-vous qui a cité cette phrase ? C'est le président Mao dans un récent discours. »

C'était vraiment profond. Teng n'a cessé de hocher la tête, griffonnant des notes dans les marges de son cahier avant de dessiner un cœur rouge sous le nom du président Mao. Peu de temps après, il a vu la citation apparaître dans les journaux. Puis sur le tableau noir de la cité de la Poussière Rouge.

Mais dans les médias, il y a eu un grand revirement. Au lieu d'insister sur la nécessité de voir fleurir des centaines de fleurs et d'écoles, le *Quotidien du peuple* a fait jaillir de nulle part un nouveau terme : les « droitistes », des criminels censés mettre en doute la légitimité du Parti communiste en tant que seul et unique parti capable de diriger la Chine. La cité a consacré tout un bulletin d'information à la « campagne anti-droitiste lancée par le président Mao ».

Dans la salle de classe, le professeur Yang lui-même paraissait perplexe. Il a donc décidé de parler d'un autre proverbe.

« Dans ce mouvement anti-droitiste sans précédent, le président Mao a employé un autre proverbe : *Qui bat les buissons fait sortir les couleuvres.* L'idée est d'attirer les serpents droitistes hors de leur tanière pour leur asséner un coup fatal sur la tête... »

Mais au milieu de son discours, il a commencé à patauger, bafouillant d'un air absent, ce qui ne lui ressemblait pas.

Bientôt, un autre événement inattendu a eu lieu. Yang, privé de son titre de « professeur », était lui-même en train de virer à droite. Lors d'une réunion du personnel de l'établissement, il a été critiqué, notamment pour l'enthousiasme avec lequel il enseignait les dictons anciens à ses jeunes élèves. N'avait-il pas une idée derrière la tête ?

Mais comment les élèves auraient-ils pu comprendre la signification des proverbes sans les explications détaillées de Yang ? Teng ne voyait pas ce qu'il y avait de « droitiste » ou de « contre-révolutionnaire » dans l'enseignement de Yang, ni le rapport entre les fleurs, les écoles et le serpent des proverbes. Après tout, le président Mao lui-même avait prononcé ces maximes.

Teng a appris plus tard que la campagne anti-droitiste avait introduit un système de quotas. Dans son école, le quota réclamait au moins deux coupables, sans cela le directeur risquait d'être sérieusement inquiété pour son manque de vigilance dans la lutte contre les méchants droitistes.

Frustré et confus, Teng a consulté encore une fois son dictionnaire et il a finalement déterré un autre proverbe qui lui a permis de mieux comprendre la situation : *Feindre de jouer du yu pour assurer le spectacle,* un dicton qui renfermait sa propre histoire. Pendant la période des Royaumes combattants, le roi Xuan des Qi, passionné de musique, aimait tout particulièrement entendre ses trois cents joueurs de *yu*[1] jouer ensemble pour lui. Un jour, un monsieur Nanguo, qui n'était pas musicien, se faufila dans l'orchestre et fit semblant de jouer sans émettre un son. Puis le roi Ming succéda au roi Xuan. Le nouveau souverain voulut écouter les musiciens individuellement et monsieur Nanguo fut contraint de prendre la fuite. *Feindre de jouer du Yu pour assurer le spectacle* signifie donc grossir les rangs d'une assemblée avec des imposteurs. Mais la différence entre l'histoire ancienne et la nouvelle était d'importance : monsieur Nanguo avait profité de la supercherie alors que Yang n'en tirait que des souffrances.

Évidemment, Yang a été démis de ses fonctions de professeur. Il a été relégué au poste d'homme de ménage. À chaque fois qu'il croisait son ancien professeur sale et puant, un balai de bambou crasseux à la main, Teng baissait les yeux.

---

1. Le *yu* est un orgue à bouche chinois datant de 2000 av. J.-C. également appelé *sheng* ou *shenghuang.*

À la fin de l'année, Yang a été envoyé en camp de travail dans une province lointaine. Le directeur de l'école a prononcé une courte allocution :

« *Même mort, le mille-pattes remue toujours.* Il n'y a qu'en l'enfermant là-bas que nous pourrons l'empêcher d'exercer son influence néfaste sur nos jeunes enfants. »

Le passage sur le mille-pattes ressemblait à un proverbe, mais Teng n'a pas eu le courage de vérifier dans son dictionnaire. Il a déchiré son livre en morceaux en suivant des yeux le camion de l'armée qui emportait Yang ligoté sur le toit comme un poulet malade.

La femme-esquimau

(1960)

Ceci est le dernier Bulletin d'information de la Poussière Rouge pour l'année 1960. Cette année, le Comité central du PCC a tenu une réunion élargie pour discuter des difficultés économiques passagères causées par les catastrophes naturelles et l'unilatéralité des contrats encore en cours avec l'Union soviétique. Le gouvernement a lancé la politique de la propriété des moyens de production à trois niveaux dans les communes populaires[1]*. La propriété se trouve ainsi répartie entre la commune, la brigade et le groupe, le groupe étant l'entité dominante, avec une permission accordée aux membres de la commune de conserver un petit lopin de terre pour leur usage personnel. Les camarades Liu Shaoqi et Deng Xiaoping ont mené une délégation à la Conférence des 81 partis communistes et ouvriers qui s'est tenue à Moscou. À l'issue des débats, la majorité a adopté la Déclaration de Moscou. L'Assemblée nationale populaire (ANP) a voté une résolution accordant une amnistie aux criminels de guerre issus de la clique de Chiang Kai-shek et du régime*

1. Le terme « commune » désigne un regroupement de coopératives paysannes ou « brigades ».

fantoche de Mandchourie. Malgré les obstacles, nous restons confiants dans l'avancée vigoureuse et triomphante de la Chine.

*

Près de l'entrée principale de la cité de la Poussière Rouge, une vieille femme aux pieds bandés, figée dans l'immobilité d'une statue, vantait les esquimaux glacés qu'elle trimbalait dans une brouette branlante. Sa tête enveloppée dans une serviette blanche portait les marques du temps et ressemblait aux reproductions sur cartes postales des figurines de terre cuite de la dynastie des Qing. Indifférente à la chaleur, emmaillotée dans des habits noirs cousus mains, elle faisait penser aux morceaux de verre fumé que l'on utilise pour regarder une éclipse de soleil en été. De temps à autre, le bruissement des feuilles accompagnait le chant d'un grillon.

Baissant la main vers le pardessus de coton matelassé qui lui servait de congélateur, elle a tendu un « délice » à un enfant malade, impatient de goûter pour la première fois la saveur glacée de ses rêves. Elle a solennellement placé l'esquimau dans sa main, comme si l'objet justifiait l'existence du monde. Son sourire s'est ensuite déplacé vers la boîte en métal pour atterrir au milieu des pièces de monnaie. Méfiant, un taon bourdonnait autour de la tirelire.

« Vous savez quoi ? a lancé Vieille Racine dans un claquement de doigts théâtral typique des conversations du soir. Elle vient d'une famille d'aristocrates mandchous. Regardez la brouette, elle porte encore l'emblème du pont de la rivière aux Eaux d'or. Elle a dû être fabriquée à partir des vieux meubles que possédait sa famille quand elle vivait dans la Cité interdite. Une vraie princesse, je vous dis, chassée du palais impérial aux murs de briques rouges et aux pavés jaunes lustrés. Une fois, j'ai essayé de la faire parler du faste des jours anciens. À ma grande surprise, elle s'est mise dans une colère noire et m'a flanqué des coups de brouette dans les côtes : "Après toutes ces années de réforme idéologique et de dur labeur, j'ai bien gagné le droit d'appartenir à la classe ouvrière. De servir le peuple. Et tu me demandes de regarder en arrière ? Sans blague ! Tu aurais besoin d'un bon lavage de cerveau !"

« Vous avez vu le badge où est écrit *Meilleure travailleuse du service mobile socialiste* dans la calligraphie du président Mao ? Regardez comme il brille sur sa poitrine rabougrie. Elle est tellement fière d'avoir réussi sa transformation. »

Une ombre efflanquée – tu te demandes s'il s'agit de ton propre reflet ou d'un mirage de la pensée – prend la forme d'un esquimau qui fond avec le temps. La silhouette à la brouette vide pousse son rien dans la nuit.

Romance d'une nuit de noces

(1965)

Ceci est le dernier Bulletin d'information de la Poussière Rouge pour l'année 1965. Au début de l'année, à l'issue d'une conférence de travail, le Comité central du PCC a soulevé « certains problèmes actuels dans le mouvement d'éducation socialiste à la campagne », précisant que ce mouvement avait pour fondement les Quatre Assainissements : politique, économique, organisationnel et idéologique, avec pour grand principe de démasquer les dirigeants du Parti « engagés sur la voie capitaliste ». En novembre, le quotidien Wenhui *a publié un article de Yao Wenyuan : « Pour que* La Destitution de Hai Rui, *le nouveau drame historique de l'opéra de Pékin, soit retiré de l'affiche. » Le journaliste y accusait le dramaturge Wu Han, vice-maire de Pékin, d'avoir écrit une critique déguisée de la destitution récente du maréchal Peng Dehuai. L'article a fait sensation et annoncé un tournant dans la vie politique chinoise. Guidés par le grand dirigeant Mao, le peuple chinois reste confiant et sûr de sa victoire dans la construction d'un État socialiste révolutionnaire.*

*

À la Poussière Rouge, un mariage était toujours un grand événement. A fortiori celui de Chang Baoguo et Qin Xia. Tous deux habitaient la cité ; l'entrée principale de la maison de Qin donnait sur l'entrée arrière de la maison de Chang et forcément, la majorité des invités venaient du voisinage. La cité impatiente retenait littéralement son souffle.

Surtout, le mariage aurait lieu sur place – le banquet, les pétards et les cérémonies. Les deux familles avaient envisagé d'aller au restaurant, mais ces derniers temps, les journaux n'avaient cessé de rabâcher la devise du Parti prônant de *travailler dur pour vivre simple*. Il valait mieux rester prudent. Un repas au restaurant risquait d'être perçu comme une marque de décadence, signe d'un mode de vie fastueux et bourgeois. Ils avaient donc décidé d'organiser la réception à domicile.

Mais ce n'était pas une mince affaire. Les deux familles avaient envoyé plus de cent invitations, ce qui nécessitait au moins huit tables rondes de douze personnes. Ils pouvaient facilement emprunter aux voisins des tables, des chaises, des tabourets ainsi que de la vaisselle et des couverts, mais où allait-on caser tout le monde ? Chaque foyer n'avait la place que pour une seule table, peinte en rouge.

Une fois encore, grâce à l'obligeance des habitants, les cours communes des deux maisons ont été vidées temporairement pour accueillir quatre nouvelles tables circulaires. Liu Quatz'yeux, un ami de Chang, a réussi à caser encore deux tables, une chez lui et une autre dans la cour de sa maison *shikumen*.

Le marché du quartier a aussi apporté une généreuse contribution à la fête en acceptant de fournir l'agneau et les sciènes fraîchement pêchées au prix d'État, sans exiger de coupon alimentaire.

« Vous n'auriez jamais eu un festin pareil au restaurant Xinya », s'est extasié Gros Mu, le gérant du marché qui, en invité de marque, présidait ce soir-là l'une des tables du banquet et s'essuyait les lèvres du revers de la main avec fierté. Huit entrées froides, huit plats chauds, un poulet et un canard entiers, sans parler du jambon de Jinhua dans la soupe.

Enfin, le moment tant attendu de toute la cité est arrivé et le jeune couple a fait son entrée dans la salle de mariage étincelante de propreté au milieu d'un concert de pétards et des hourras de quelques invités joyeux.

Puis est arrivée l'heure du *nao xinfang*, le moment où les invités se moquent des jeunes mariés de mille façons différentes, le plus souvent en lançant blagues et gages que les cibles doivent endurer en silence. Fidèles à la tradition ancestrale et malgré la gêne éprouvée ce soir-là face à l'humeur déchaînée des convives, les mariés ont été forcés de sourire jusqu'à la fin du *nao xinfang*.

La chambre nuptiale de Chang et Qin avait été aménagée dans un cagibi de six mètres carrés tout au plus. Comme dit le proverbe, *un moineau, aussi minuscule et pitoyable soit-il, ne peut survivre sans un organisme complet.* En plus du lit qui occupait la moitié de l'espace, un ensemble de meubles sur mesure avait été miraculeusement casé dans la pièce. Les invités se tenaient donc là où ils pouvaient. Pour faire de la place, ils ont poussé le couple déjà partiellement déshabillé sur le lit, l'ont couvert d'un drap léger et l'ont adossé à la tête de lit, épaule contre épaule, dans une posture intime spécifiquement choisie par eux.

Heureusement, en cette époque de chasse aux « Quatre Vieilleries » – vieilles idées, vieille culture, vieilles coutumes et vieilles habitudes –, alors que les vagues de la poursuite de la « Révolution sous la dictature du prolétariat » déferlaient dans toute la Chine, les invités n'ont pas osé pousser trop loin le cérémonial traditionnel. Après tout, l'amour romantique était un concept banni des publications officielles, jugé politiquement incorrect, car il impliquait que les amoureux préféraient dédier leur vie l'un à l'autre plutôt qu'à la révolution socialiste. Au lieu de demander au couple de s'embrasser devant tout le monde, les invités ont organisé un jeu plus innocent consistant à mordre dans un bonbon qui pendait au bout d'une canne à pêche de fortune, de sorte que leurs lèvres ne faisaient que s'effleurer, dans un effort répété et vain car celui qui tenait la canne retirait toujours l'appât au dernier moment. Puis Liu Quatz'yeux s'est raclé la gorge avant de formuler la traditionnelle requête du récit de leur amour.

« Quand l'as-tu remarquée pour la première fois, Chang ? »

C'était une façon discrète et politiquement correcte de demander comment il était tombé amoureux d'elle.

Chang a été pris d'une peur panique. Au Bureau de l'administration civile, Chang et Qin s'étaient vu poser la question préalable à l'obtention d'un certificat de mariage : « Pourquoi voulez-vous l'épouser ? » La réponse standard était sortie toute seule : « Je veux l'épouser car son amour pour le Parti est grand. » Le fiancé fournissait ainsi une raison conforme à l'archétype révolutionnaire de l'époque qui excluait évidemment les concepts bourgeois de passion romantique et de sentiments intimes.

Mais cette phrase toute faite ne pouvait convenir devant les voisins, s'est dit Chang. Il fallait inventer un motif plus personnel, plus précis. Il s'est trituré les méninges, espérant trouver dans les recoins de sa mémoire un fait marquant survenu au cours de ces années.

En réalité, Chang et Qin avaient été « présentés » par leurs parents. C'était un phénomène courant en ces temps révolutionnaires où les événements se faisaient rares : aucun bal excepté la danse de la Loyauté devant le portrait du président Mao, aucune soirée en dehors de l'étude du *Petit Livre rouge*, aucun film sauf les œuvres idéologiques tels les fameux opéras révolutionnaires. D'où la nécessité de recourir à des entremetteurs, qu'il s'agisse de parents ou d'amis. La pratique n'était pas dénuée d'avantages. Par exemple, grâce à la description préliminaire du prétendant, si le premier rendez-vous ne se révélait pas suffisamment convaincant, chacun avait la possibilité de prendre une décision pragmatique, ce qui constituait un grand progrès par rapport à l'ancienne coutume du mariage arrangé.

Le cas de Chang était différent. Les deux fiancés vivaient dans la même cité et s'étaient vus des dizaines de fois. Mais Chang était un jeune homme un peu empoté qui entrait et sortait de chez lui tête baissée, sans regarder alentour, et surtout sans voir les filles qui se tenaient dehors les soirs d'été, notamment celles, légèrement vêtues, dont les bras et les jambes nus ensoleillaient les murs décrépis. Il avait vaguement l'impression que Qin se démarquait par sa taille « svelte » ou « efflanquée » en fonction des goûts et il se rappelait confusément une plaisanterie récurrente dans le quartier disant qu'en Occident, elle aurait pu être top model. Mais il n'avait jamais pensé à elle de façon personnelle.

Alors qu'il représentait un bon parti avec son diplôme universitaire et son poste d'ingénieur dans une aciérie d'État, un détail venait noircir le tableau. Il ne possédait pas de chambre en propre. Avec ses parents, son frère aîné et sa sœur cadette, ils formaient une famille de cinq personnes serrées dans une seule pièce de quinze mètres carrés. Impossible de partager « l'espace d'un morceau de tofu sec » avec qui que ce soit. À l'usine, son dossier restait en bas de la pile des demandes d'attribution de logement, la priorité revenant à ses nombreux collègues de la catégorie « mariés sans chambre individuelle ». En théorie, il devait attendre encore quatre ou cinq ans. Il avait rencontré plusieurs filles, par l'entremise d'un tiers ou non, mais dès qu'elles découvraient son statut d'homme sans domicile – et sans perspective proche d'en obtenir un –, elles tournaient inéluctablement les talons.

Il avait donc été surpris d'apprendre que Qin acceptait de lui être « présentée ». La jeune femme et sa famille étaient forcément au courant de sa situation immobilière. Assis en face d'elle dans un restaurant de raviolis de la vieille ville, près du temple du dieu protecteur, il s'était rappelé une phrase de sa mère qui répétait que dans sa situation, il ne pouvait pas se montrer trop difficile, et inconsciemment, il avait hoché la tête devant son panier de bambou doré garni de raviolis savoureux. Ils ne s'étaient pas dit grand-chose à cause du bruit environnant, mais leur table, près de la fenêtre, surplombait le lac et ils avaient profité de la vue. Elle s'était montrée timide, la tête baissée sur sa soupe, et il avait accepté de sortir à nouveau avec elle la semaine suivante.

Comme il était grand, il ne se sentait nullement gêné de marcher près d'elle. De son côté, elle avait la délicatesse de toujours porter des semelles plates lorsqu'elle était avec lui et chez elle, elle bavardait en allant et venant pieds nus. Par une nuit étoilée, alors qu'ils déambulaient le long du Bund, elle avait passé subtilement son bras autour du sien, posé sa tête sur son épaule et il s'était dit qu'il n'était finalement pas trop à plaindre.

Quelques mois plus tard, la mère de Qin était allée faire sa proposition à la mère de Chang, disant que pour des enfants bientôt trentenaires le mariage était urgent. Elle avait également fait la proposition d'isoler par des paravents un petit espace qui ferait office de « chambre nuptiale » et leur assurerait un minimum d'intimité. Tout cela sans même imposer à leur progéniture, s'ils en avaient une, de porter le nom de leur mère, comme la coutume aurait pu l'exiger.

« Ça ne m'étonne pas que sa famille fasse une telle proposition, Qin n'est plus toute jeune. La pression est énorme pour elle », a commenté la mère de Chang devant son fils, sans se départir du ton impatient qu'elle prenait toujours avec lui. « Mais nous ne pouvons pas laisser passer une occasion pareille, mon fils. Ensuite, tu seras en mesure de réviser ta position auprès du comité du logement de ton usine en tant qu'homme marié sans chambre individuelle. Le logement que vous occuperez ne compte pas. »

Chang avait pensé à tout ça. Il s'était rappelé le refrain d'un chant populaire : *L'oiseau de jeunesse s'envole et ne revient jamais.* Lui aussi allait sur ses trente ans. Et il sentait entre eux une confortable camaraderie, à défaut d'autre chose, lorsqu'ils se promenaient le long du Bund. Il avait donc acquiescé sans autre forme de procès.

De retour dans la chambre nuptiale, alors que Chang, désespéré, passait en revue tous ces souvenirs, il s'est dit qu'il perdrait la face s'il racontait l'histoire vraie de leur rencontre « arrangée » par leurs parents. En réalité, il devait bien le reconnaître, à aucun moment il ne s'était senti tomber éperdument amoureux d'elle.

« Raconte-nous la première fois que tu as senti ton cœur battre en la voyant », a insisté un autre invité dans un large sourire.

L'esprit de Chang restait vide. Il pouvait énumérer les qualités qu'il voyait en elle, mais son cœur n'avait jamais battu la chamade…

L'interrogatoire a été interrompu par un son mat venu de la cour. Chang a jeté un coup d'œil par la fenêtre décorée d'un idéogramme de papier signifiant *double bonheur.* Une pensée l'a alors assommé aussi sûrement qu'une tonne de charbon.

Bien avant leur rencontre, il lui arrivait de surprendre des scènes dans la cour. Il n'était pas spécialement curieux, mais comme sa porte de derrière donnait sur la porte principale de la maison de Qin et que celle-ci était souvent ouverte, la vie quotidienne de leur famille était généralement la première chose qu'il voyait en sortant de chez lui. Comme dans toutes les maisons *shikumen* de la cité, la cour servait de débarras où les habitants entreposaient les babioles qu'ils ne pouvaient stocker à l'intérieur. Ce soir-là, elle avait été vidée pour la fête, mais on avait laissé les objets les plus encombrants, notamment une machine servant à fabriquer des pains de charbon qui venait de tomber avec fracas, juste à ce moment-là.

« Machine » n'est sans doute pas le mot juste pour décrire l'objet en question : il s'agissait d'un engin inventé pour pallier le rationnement. Dans la cité, les gens cuisinaient sur des poêles à charbon en utilisant les rations fournies par le magasin du quartier. Par souci d'économie, les habitants brûlaient leurs pains de charbon, à trous multiples, dans un poêle en terre cuite agrémenté d'une minuscule porte qui permettait, une fois fermée, de maintenir toute la nuit une faible combustion. Le matin, il suffisait d'ouvrir la porte pour ranimer le brasier. En raison de sa taille et de sa forme, le pain pouvait facilement tomber en miettes, que les habitants, surtout ceux de la cour en question, récupéraient pour tenter de reconstituer un pain neuf. La machine à fabriquer les pains était très simple : un moule pour la partie inférieure et pour la partie supérieure, une pièce légèrement plus petite sur laquelle étaient plantées des baguettes d'acier. Les deux éléments étaient reliés par un ressort fixé sur une tige en métal. La poussière de charbon tassée dans le moule se trouvait compressée jusqu'à retrouver la forme d'un pain troué. La tâche pouvait se révéler salissante car la poussière était particulièrement collante. La mère de Chang n'avait jamais laissé son fils s'en occuper, considérant que la besogne revenait aux ménagères.

« Un matin, a commencé Chang qui sentait le pied de Qin frôler nerveusement le sien sous le drap pour une raison connue d'eux seuls, j'ai regardé par la fenêtre. Elle était dans la cour, assise dans un coin, penchée sur un tas de poussière de charbon, occupée à fabriquer les pains sans lever les yeux. Cette scène m'a profondément touché. J'avais devant moi une prolétaire courageuse, fidèle au principe du travailler dur pour vivre simple, et resplendissante de beauté intérieure, malgré son visage maculé de charbon et de sueur. »

C'était une anecdote plausible qui coïncidait avec les attentes que sa mère pouvait nourrir à l'égard de sa belle-fille. Et le récit n'avait rien de surprenant venant d'un homme qui avait grandi à la Poussière Rouge.

Les invités ont avalé la version prolétarienne de la romance sans rechigner. La chaleur devenait insupportable pour tout ce monde entassé dans la petite pièce.

Comme prévu, le moment crucial de l'histoire s'est produit après le départ des invités.

À peine la porte était-elle fermée que Qin s'est tournée vers Chang et a rejeté la couverture avec un éclair de rage au fond des yeux.

« Tu es tombé amoureux en me voyant fabriquer des pains de charbon dans la cour ?

– Il fallait bien que je leur raconte quelque chose, tu comprends, une histoire politiquement correcte », a-t-il répondu d'un air penaud, décontenancé par la colère de sa femme.

« Je n'ai jamais fabriqué de pains de charbon dans la cour. Ma mère dit que c'est un travail trop salissant pour une fille de mon âge. C'est ma petite sœur qui s'en charge. »

Sa mère avait sûrement ses raisons. L'image d'une jeune femme couverte de poussière aurait pu diminuer ses chances de trouver un mari, surtout à l'approche de la trentaine.

« Non, non, c'était bien toi, pas elle. Elle n'est pas aussi grande que toi, je m'en souviens parfaitement. »

Pourtant il n'était sûr de rien : ce travail s'effectuait accroupi la majeure partie du temps et il aurait été incapable de différencier les deux sœurs.

« Elle est jeune et plus jolie que moi et toujours séduisante quel que soit le travail qu'elle fait.

– Allons, tu as dû oublier, a-t-il insisté. Ou bien tu l'as peut-être remplacée un court instant et je suis sorti de chez moi juste à ce moment-là.

– Non. Si c'était vrai, tu n'aurais pas attendu que nos mères arrangent notre rencontre. »

Chang n'a pas réussi à convaincre Qin. À vrai dire, il était incapable de se persuader lui-même. Comme un insecte pathétique pris dans une toile absurde, il se sentait piégé. Malgré l'importance que sa femme accordait à l'histoire, comment aurait-il pu prouver un fait qu'il avait inventé de toutes pièces ?

« Tu n'as pas le droit de me faire marcher comme ça », a-t-elle conclu en repoussant sa main avant d'éteindre la lumière.

Elle a dormi en lui tournant le dos. Il l'a caressée un long moment, sans résultat. Pourtant, elle ne l'a pas repoussé. Il devinait qu'elle n'était pas irrémédiablement fâchée, même si elle refusait de le croire.

Le lendemain, les voisins venus la saluer ont trouvé dans la cour une femme au sourire affable, comblée par sa lune de miel. Elle savait que les gens l'observeraient attentivement après sa première nuit auprès de *la bougie rouge qui vacille dans la chambre nuptiale*, comme dit un poème de la dynastie des Tang.

Quand Chang est rentré du marché avec un panier plein de légumes frais, souriant comme un mari parfait, il a été choqué par la scène qui s'offrait à lui dans la cour.

Sa femme était accroupie, penchée sur une montagne de poussière de charbon, pressant énergiquement la machine. Malgré son manque d'expérience, elle semblait tenir la cadence. Sa chemise rose était trempée et elle pouvait à peine ouvrir les yeux tant la sueur ruisselait sur son visage. Déterminée, elle s'est essuyée le front du revers de la main et y a imprimé un grand trait noir.

Sur le seuil, Chang est resté tétanisé. Ce n'était pas évident pour une jeune mariée d'accomplir ce travail, surtout dès le lendemain de ses noces. Un des voisins qui passait dans la cour l'a regardée avec étonnement.

Mais c'était la scène que Chang avait décrite à ses convives.

Cette nuit-là, ils ont consommé leur mariage.

Après tout, il n'y avait pas beaucoup d'espace où se mouvoir dans leur petite chambre, sauf sur le lit. Et ils étaient encore jeunes.

Depuis ce jour, Chang a été convaincu qu'il aimait vraiment Qin. Dans le cas des mariages arrangés, il arrivait fréquemment que l'amour naisse après le mariage.

Les chats et les rats

(1967)

Ceci est le dernier Bulletin d'information de la Poussière Rouge pour l'année 1967. En janvier, les Gardes rouges et les organisations « rebelles » ont pris le contrôle du Wenhui, *un des principaux journaux de Shanghai, et ont lancé la « tempête de janvier » qui s'est rapidement répandue dans tout le pays. Le président Mao a ordonné à l'Armée populaire de libération de soutenir la « gauche » révolutionnaire des ouvriers et des paysans. La première institution gouvernementale locale de la reconstruction – le Comité révolutionnaire de la province du Heilongjiang – a été formée. Le* Quotidien du peuple *a publié un éditorial intitulé « Porter haut levé le drapeau de la critique révolutionnaire » dans lequel Liu Shaoqi, un des grands dirigeants du Parti, a été ouvertement accusé de suivre la voie capitaliste. Le journal a appelé ses lecteurs à « liquider la ligne réactionnaire bourgeoise héritée des dix-sept années de gouvernance de Liu Shaoqi ». En mai, le* Quotidien du peuple *a publié un autre éditorial intitulé « Cessons immédiatement les affrontements armés » pour répondre à l'escalade des combats entre les différentes factions « rebelles » devenue incontrôlable dans de nombreuses villes. En juin, la Chine a fait exploser sa première bombe à hydrogène. La République a encore une fois solennellement déclaré qu'en aucun cas elle ne serait la première à employer des armes nucléaires. Dans les principaux journaux chinois, la théorie de Mao sur la Révolution culturelle a été résumée par la formule « la Révolution permanente sous la dictature du prolétariat ».*

*

Pour les enfants de la Poussière Rouge, la compagnie permanente des chats n'avait rien d'agréable, en particulier dans les années soixante. Cela valait notamment pour Petit Kang.

On racontait qu'en Occident, les gens adoptaient des chats comme animaux domestiques. Pour la cité, l'idée semblait invraisemblable. Le *Quotidien du peuple* avait publié un dessin représentant une femme blonde en manteau de vison tenant un chat dans ses bras tandis qu'un petit enfant noir mourait de faim à ses côtés, frissonnant au pied des gratte-ciel d'acier de New York. Un phénomène typique de la société capitaliste, avait expliqué le journal.

Chez nous, les gens gardaient des chats pour une seule et unique raison : qu'ils les débarrassent des rats. Dans une maison *shikumen* vieille de plusieurs décennies où se serraient au moins une vingtaine de familles, où casseroles et plats s'entassaient dans la cuisine commune et où fissures et trous lézardaient les murs, les rats s'en donnaient à cœur joie.

Il n'y avait donc rien d'étonnant au fait qu'un grand dirigeant ait un jour prononcé la célèbre phrase : *Peu importe que le chat soit blanc ou noir, pourvu qu'il attrape la souris*[1].

Pour les habitants de la cité, les rats pouvaient apparaître pire qu'un fléau. Par un matin radieux, quand Tante Hui, une voisine du même immeuble que les Kang, avait ouvert son coffre de bois, elle était restée tétanisée devant ses vêtements en lambeaux, dont la robe de mariée qu'elle conservait religieusement depuis trente ans. Tout avait été dévoré par les rats. Ce jour-là, elle avait juré de prendre un chat chez elle.

De leur côté, les enfants adoraient regarder un chat en train d'attraper un rat. Malgré la faim, le chat ne choisissait jamais de dévorer sa proie d'un coup ; il jouait avec elle un long moment, faisait mine de la laisser s'échapper jusqu'à ce qu'elle soit presque hors d'atteinte pour mieux la clouer au sol d'un bond félin.

Mais s'occuper d'un chat n'était pas une tâche aisée. Une fois par semaine ou une fois par mois, il pouvait attraper un rat qui lui fournissait un repas copieux, mais le reste du temps, il devait chercher sa pitance ailleurs. Les gens avaient entendu parler de la nourriture en boîte que l'on trouvait en Occident. Mais ils n'arrivaient pas à y croire. Ici, l'alternative alimentaire préférée du chat était le poisson, un mets qui, en plus d'être cher, ne pouvait être obtenu qu'en échange des coupons de rationnement.

Un nouveau stand était donc apparu au marché. Une femme aux cheveux parsemés d'argent vidait le poisson gratuitement et mettait de côté les arêtes, les écailles, les

---

1. Phrase prononcée par le secrétaire général du PCC, Deng Xiaoping, en 1960.

ouïes et tout le reste pour les revendre contre quelques centimes aux propriétaires des chats qui mélangeaient la préparation avec des restes de riz. La mixture répandait une odeur infecte dans la cuisine commune, allant jusqu'à déclencher un jour une crise d'asthme chez Petit Kang.

L'odeur était loin d'être le plus grand désagrément. Au début des années soixante, la Chine traversait une terrible pénurie alimentaire et suite à la mise en place des coupons de rationnement, une famille n'avait droit qu'à un kilo de poisson par mois. Mais un chat décharné ne donnait pas une bonne image de son propriétaire qui, de temps en temps, se sentait obligé de garder une tête ou une queue de poisson pour l'animal. Ces morceaux sacrifiés privaient les enfants affamés qui s'énervaient, à juste titre.

Il y avait un autre problème encore. Indifférents à l'éthique confucéenne qui définit ce qu'il faut faire et ce qu'il ne faut pas faire, les chats d'une maison *shikumen* avaient tendance à se faufiler hors du cercle familial et à chaparder chez les autres. Ainsi, un bol de carpe braisée à la sauce soja qui disparaissait de la cuisine commune pouvait déclencher des prises de bec entre voisins. Les chats n'étaient pas les seuls accusés ; les soupçons tombaient aussi sur les enfants.

Ces derniers avaient soif de vengeance. Les toits des maisons contiguës de la cité formaient un déploiement continu de collines sur lesquelles ils grimpaient, se retrouvaient et s'organisaient en une sorte de société secrète. Le caractère illégal de la chasse aux chats paraissait renforcer leur détermination. Munis de couteaux et de sacs, ils préparaient leurs embuscades sur les toits glissants, sautillant d'un pas léger de peur de briser une tuile dans leur poursuite effrénée.

Ils avaient encore un autre motif de représailles. Les gamins faméliques avaient entendu des récits incroyables sur le goût délicieux de la viande de chat. Ils cachaient donc leur prisonnier dans un entrepôt presque désert où ils avaient installé en secret une petite gazinière et quelques ingrédients. Un chat cuit à l'étuvée avec du gingembre et des oignons valait largement un poulet. Les enfants avaient rapidement mis au point plusieurs recettes faciles à réaliser, dont le ragoût de chat et de serpent cuit dans un pot de terre, une spécialité symboliquement appelée « tigre et dragon », un nom fantastique qu'ils avaient déniché dans un roman historique.

Pour Petit Kang cependant, la situation était différente. D'abord, il était trop petit pour faire partie du groupe et puis, l'année précédente, ses parents, qui paraissaient de plus en plus soucieux à la maison, lui avaient interdit de fréquenter les autres enfants de la cité, sous prétexte d'éviter des « problèmes inutiles ». Alors que les tambours et les gongs battaient à tout rompre au rythme des succès de la Révolution culturelle, Petit Kang se retrouvait souvent consigné au grenier, seul pendant des heures sans échelle pour descendre.

Par la fenêtre de la mansarde, sous les nuages flottants dans le ciel d'azur, les collines des toits offraient un monde inexploré en compagnie des chats errants qui sautaient et traquaient leurs proies en toute liberté. Parfois, Petit Kang rêvait qu'il se transformait en chat sifflant et montrait ses griffes et ses crocs acérés. À son réveil, il redevenait un fils docile.

Quand il a découvert la chasse aux chats clandestine organisée par les autres enfants qui couraient comme des fous sur les toits, il est resté stupéfait et horrifié.

Au début de l'année 1967, les événements ont pris une tournure dramatique. Tout à coup, les enfants du quartier se sont mis à l'éviter et à le traiter de « chiot noir ». C'était à cause de ses parents, il le savait. Considérés comme des cadres révolutionnaires modérés avant le début de la Révolution culturelle, ils ont été traités du jour au lendemain de « Démons Face-de-cheval et Face-de-bœuf » pour avoir paraît-il « suivi la voie capitaliste tracée par Liu Shaoqi[1] ».

Peu de temps après, le père de Petit Kang a été emmené pour « enquête en isolement ». Sa mère s'est effondrée. Elle a passé plusieurs nuits à rédiger sans relâche une sorte d'« autocritique ». Quelles que soient les accusations portées contre eux, elle était en danger elle aussi. Qui veillerait sur l'enfant ?

Un soir de juin, un groupe d'inconnus a déboulé dans leur maison. C'étaient des Gardes rouges chargés d'effacer les « Quatre Vieilleries » – vieilles idées, vieille culture, vieilles coutumes et vieilles habitudes. Ils venaient chercher des pièces à conviction pour épingler ces affreux suppôts du capitalisme. La mère de Petit Kang, tremblante, se tordait les mains tandis que Petit Kang regardait la scène avec stupeur.

Un des Gardes rouges s'est tourné vers lui, puis a crié en montrant du doigt le grenier :

« Va-t'en, bâtard, tu m'entends ! »

---

1. Dans la mythologie chinoise, Face-de-bœuf (Niu-Tou) et Face-de-cheval (Ma Mian) sont les deux laquais du Roi de l'Enfer Yama.

Petit Kang l'a bien entendu, trop heureux de se réfugier au grenier. Il a filé sur les toits glissants, comme s'il assistait à sa propre réincarnation. Là, il a été surpris de voir, pour la première fois, que les étoiles esseulées brillaient d'un triste éclat.

Épiant derrière la fenêtre la scène qui se déroulait chez lui, il n'en a pas cru ses yeux. Sa mère, inébranlable figure d'autorité, se transformait en une créature étrange, tremblante, méconnaissable, un rat encerclé par une horde de chats. Son cou ployait sous le poids d'une pancarte noire pareille à celles du zoo. Du haut de son perchoir sur le toit, il avait du mal à déchiffrer les mots inscrits sur la pancarte, mais il savait qu'elle n'était désormais plus en mesure de l'empêcher de s'échapper dans l'obscurité du dehors.

La nuit a été longue et solitaire et sous son manteau sombre, des tas de choses ont changé…

Au matin, Petit Kang est descendu de son échelle, une tuile noire à la main. Sa mère a eu un mouvement de recul, comme si la tuile était une punition qui lui était destinée, tout comme la pancarte qui pendait à son cou tuméfié. Plein de mépris pour la femme qui tremblait au pied de l'échelle, Petit Kang a crié d'une voix nouvelle :

« Allez, va me chercher un bol de riz, tu m'entends ! »

Et elle est partie s'exécuter.

Un rat avait surgi des décombres de la révolution nocturne.

Il a décidé que comme il n'était pas assez humain pour devenir Garde rouge, il lui fallait déployer une férocité inhumaine, se tenir toujours aux aguets et apprendre à se battre pour survivre dans la jungle.

Comme son père était retenu au loin, sa mère est devenue la cible de sa fureur, l'unique responsable de son surnom de « chiot noir ». Tant qu'il ne se transformait pas en petit rat misérable, il avait encore une chance. Toujours sur le qui-vive, sans cesse prêt à bondir, regardant par-dessus son épaule, sifflant et montrant les crocs, ses moindres gestes étaient menaçants. Pour elle, la maison est devenue un enfer.

Un jour, alors qu'il revenait d'une visite chez le dentiste, il a trouvé sa mère couchée avec une forte fièvre. Le voyant approcher, elle a poussé un cri strident :

« Non, tes dents sont si longues. »

À la fin de l'année, elle est tombée gravement malade. Petit Kang n'était jamais à la maison. Son père, toujours enfermé dans un camp de travail, ignorait ce qui se passait dans la cité. Mais il n'aurait rien pu faire pour elle. La plupart des hôpitaux de la ville étaient paralysés car les médecins et les infirmières, considérés comme des intellectuels bourgeois, avaient été assignés au récurage des toilettes pour expier leurs fautes.

Un des voisins a eu l'idée d'appeler un devin aveugle au chevet de la malade.

Petit Kang était occupé à bondir à droite et à gauche, trop absorbé par la lutte pour sa propre survie, mais il a surpris quelques mots prononcés par l'aveugle penché sur le lit :

« Hélas, elle est née sous le signe du rat… On ne peut pas changer le cours de sa vie. Elle était prédestinée, c'est ce que dit l'horoscope chinois. »

Petit Kang a couru comme un sauvage, se rappelant le proverbe selon lequel *un chat a neuf vies,* et s'est jeté dans une autre bataille.

Une semaine plus tard, aux funérailles, il serrait dans sa main une feuille de papier, la dernière « confession » de sa mère, sur laquelle il discernait, à la lumière vacillante, l'empreinte d'une patte de chat.

À cause du président Mao, I

(1968)

Ceci est le dernier Bulletin d'information de la Poussière Rouge pour l'année 1968. En mai, le président Mao a appelé les cadres du Parti à « participer au travail agricole pour apprendre des paysans pauvres et moyen-pauvres ». Un grand nombre de cadres ont été envoyés à la campagne pour se rééduquer par le travail manuel dans les « écoles du 7 mai ». Le Comité central du PCC a exhorté le peuple à purifier ses rangs : les descendants des propriétaires terriens ou les gens liés à des propriétaires, les riches paysans, les contre-révolutionnaires, les mauvais éléments, les droitistes, les espions, les partisans de la voie capitaliste et tous ceux qui entrent dans la catégorie des intellectuels réactionnaires bourgeois doivent faire l'objet d'une enquête et être punis en conséquence. Selon les instructions du président Mao, des « équipes ouvrières de propagande de la pensée de Mao Zedong » ont œuvré dans les universités, les écoles et les structures culturelles et éducatives du pays. Le douzième plénum du Comité central issu du Huitième Congrès du PCC a qualifié l'ancien président de la République Liu Shaoqi de « traître, renégat et agent de l'ennemi » avant de l'exclure définitivement du Parti et de le démettre de toutes ses fonctions.

En décembre, le Quotidien du peuple *a publié une directive de Mao : « Les jeunes instruits doivent aller à la campagne pour y être rééduqués par les paysans pauvres et moyen-pauvres. » Des millions de jeunes ont alors rejoint les zones rurales. À la fin de l'année, le grand pont de Nankin sur le Yangtsé a été inauguré, avec une voie ferrée de 6 700 mètres au niveau inférieur et une autoroute de 4 500 mètres au niveau supérieur.*

*

Pendant des années, Zhong Ayu a essayé de devenir une huile du Parti, un cadre communiste de la Chine socialiste, selon sa définition. À la cité de la Poussière Rouge, il ne cachait pas ses ambitions. Assis sur un tabouret de bambou grinçant devant l'entrée, il se lançait régulièrement dans des tirades passionnées sur la façon dont les cadres du Parti se démenaient dans les usines pour diriger les ouvriers.

« Ça, c'est la vraie vie », concluait-il en faisant claquer sa langue.

Mais il n'a pas eu de chance. Dès le début des années cinquante, alors qu'il vivait encore dans un village de la province de Shaoxing, il a rejoint les activistes de la Réforme agraire. Pour signifier sa haine profonde de « l'horrible classe des propriétaires terriens », il s'est allié à d'autres paysans pauvres et s'en est pris à Bo, un grand propriétaire au cœur noir, le rouant de coups si violemment que l'homme s'est retrouvé paralysé à vie. Personne n'a fait attention à l'incident. À l'époque, d'innombrables propriétaires étaient battus à mort dans les campagnes. Mais un membre de la famille de

Bo se trouvait être un cadre important du Parti à Pékin et celui-ci s'est précipité sur son téléphone pour dénoncer le coupable. Du coup, Zhong n'est jamais devenu membre du Parti, ni même chef du village, une position qu'il considérait pourtant comme largement à sa portée. Frustré, il est parti pour Shanghai où il a commencé à travailler dans une usine d'État qui fabriquait des pneus. Là encore, il s'est engagé ardemment dans les mouvements politiques, ce qui aurait dû assurer son ascension. Mais les activistes comme Zhong étaient trop nombreux dans l'usine et certains avaient l'avantage de bénéficier d'une meilleure éducation ou d'un plus vaste réseau de relations. De plus, au début des années soixante, pendant le mouvement de lutte anti-droitiste, il s'est brouillé avec Hua, le directeur de l'usine. Alors qu'il essayait d'accoller à son patron l'étiquette d'« opportuniste de droite », Zhong lui-même a échappé de peu au qualificatif en question. À partir de ce jour et pendant des années, il est demeuré tel un coq déconfit, couvert de la poussière et de la crasse de la cité. C'est à ce moment-là qu'il a commencé à assister aux conversations du soir, agitant frénétiquement son éventail de papier déchiré comme pour étouffer le feu rageur qui couvait dans son cœur.

Ces événements expliquaient aussi pourquoi Zhong était resté célibataire. Pour se défendre, il citait un vers de son opéra Ningbo favori : *Un homme doit d'abord s'établir avant de fonder une famille.*

Enfin, en 1966, l'opportunité pour lui de s'établir dans le monde est arrivée. Au début de la Révolution culturelle, répondant à l'appel de Mao encourageant à se soulever contre les institutions gouvernementales favorables à la ligne révisionniste, il est devenu membre des « rebelles ouvriers » de Shanghai. Arborant un brassard rouge, il entrait et sortait à grands pas de la cité, fredonnant en permanence une sentence de Mao : *On cite des milliers d'arguments en faveur de la Révolution, sauf le principal : il est justifié de se rebeller.* Il s'est libéré de la rancune accumulée pendant toutes ces années contre son patron Hua, désormais taxé de « suiveur de la voie capitaliste », et lui a mis sur la tête un grand chapeau de diable en papier. Ensuite, Zhong nous a raconté qu'il était resté assis plusieurs heures dans le fauteuil pivotant de cuir rouge qui trônait dans le bureau du directeur de l'usine.

Bientôt pourtant, une organisation de rebelles ouvriers rivale soi-disant plus radicale a pris le pouvoir dans l'usine et Zhong est redevenu aussi insignifiant qu'une mouche. Comme dans ses pires cauchemars, son ancien patron, le « suppôt du capitalisme » Hua, a miraculeusement été réhabilité en tant que membre du nouveau Comité révolutionnaire de l'usine.

Autant d'efforts pour rien, s'est-il dit. Alors, il est allé discuter de sa mauvaise fortune avec Vieille Racine, un personnage influent dans les conversations du soir, et celui-ci a décrété en secouant la tête qu'il était temps de songer au mariage. Comme Zhong le pressait d'argumenter, Vieille Racine a préféré citer un proverbe : *Il vaut mieux être le bec du coq que la queue du phénix.* En d'autres termes, a compris Zhong, dans la Chine socialiste, il fallait être le premier à embrasser la nouveauté.

En 1970, une nouvelle vague de changement a balayé la Chine. Pour répondre au culte passionné de Mao, des statues du président ont commencé à apparaître un peu partout. Dans les magasins spécialisés, les clients ne devaient pas dire qu'ils « achetaient » l'effigie, mais qu'ils l'« accueillaient » chez eux. Bien sûr, Zhong s'est dépêché d'accueillir une statue chez lui.

« Oncle Zhong, ta statue est trop petite, a déclaré un enfant du voisinage devant l'extravagance du voisin. La semaine dernière, on en a acheté une encore plus grande. »

Zhong était décontenancé : non seulement il avait acheté la statue après ses voisins, mais en plus, elle était plus petite. Soudain, il a été frappé d'un éclair de génie. La plupart des statues accueillies dans la cité étaient des bustes de petite taille, faciles à caser dans des espaces étroits. Rien d'étonnant vu les conditions de logement des habitants. Mais il irait plus loin en accueillant une statue de Mao grandeur nature. C'était une occasion unique pour lui de prouver son extraordinaire dévotion.

De telles statues en pied existaient sur les campus universitaires, mais pas dans les appartements privés. Zhong vivait dans une pièce de seulement douze mètres carrés. Pourtant, il n'a pas hésité une seule seconde : il s'est débarrassé d'une vieille commode en bois pour faire de la place, a retiré toutes ses économies de la banque et s'est précipité vers le magasin.

Il a rencontré un premier problème quand il a voulu « accueillir » la statue dans le bus. Le conducteur a refusé de le laisser monter. Si la statue venait à se briser dans un virage brutal ? La responsabilité politique était trop grande. Le taxi aurait pu être une solution, mais Zhong n'avait plus un sou en poche.

Il ne lui restait plus qu'à porter la statue lui-même. Le magasin se trouvait à près de quinze kilomètres de la Poussière Rouge. La statue dépassait Zhong en taille, sans parler de son poids. Il arrivait à peine à la soulever de quelques centimètres pour l'empêcher de s'abîmer en raclant le sol. Après seulement une dizaine de pas, il a dû s'arrêter pour respirer, haletant telle une grenouille abandonnée au fond d'un puits sec. À ce rythme, a-t-il calculé, cela lui prendrait la journée pour « accueillir » la statue chez lui. Et si des trombes d'eau se mettaient à tomber ? La statue d'albâtre serait complètement inondée, souillée… Il n'osait songer à cette éventualité.

Après deux cents mètres d'effort intense, voyant que sa chemise, son pantalon et ses chaussures étaient trempés de sueur, Zhong est entré dans une petite épicerie où il a acheté une longue corde de chanvre. Il l'a enroulée autour du cou de la statue, a hissé l'objet sur son dos et, tenant la corde sur l'épaule, il s'est remis en route.

La sueur ruisselait sur son visage. Pendant qu'il titubait et souffrait sous le soleil impitoyable, son esprit s'est mis à vagabonder. Des images de son passé lointain revenaient tourbillonner dans sa mémoire comme des mouches sans tête. Dans le village reculé de sa jeunesse, il avait un jour porté à travers les collines un porc saigné sur son dos nu, exactement comme aujourd'hui. L'animal pesait à peu près le même poids que la statue, mais à l'époque il était plus jeune et plus fort. À l'entrée du village, Xiuzhen, une jolie fille du pays, lui avait jeté un regard admiratif, puis elle lui avait tendu un bol de thé d'orge et ses doigts d'une fraîcheur d'orchidée avaient frôlé son épaule brûlante. Que se serait-il passé s'il était resté au village ? Elle avait épousé quelqu'un d'autre, il y avait maintenant des années. Qu'aurait-elle dit en le voyant porter la statue de Mao sur son dos ? se demandait-il en avançant péniblement, un pas après l'autre…

Enfin, il est arrivé à la cité en traînant des pieds, la statue toujours arrimée sur le dos. Le soir bâillait paresseusement contre le ciel. Plusieurs personnes traînaient devant l'entrée.

« Quoi ! Une statue du président Mao grandeur nature !

– Exactement ! » s'est exclamé Zhong avec fierté, soufflant comme un damné, agrippé à la corde. « Un geste de la main du président Mao et nous marchons tous résolument vers l'avenir !

– Tu es le premier à accueillir une telle statue dans la cité, camarade Zhong.

– Oui, le tout premier. »

D'autres ont accouru. Veuve Joyeuse Chang, la voisine de Zhong, l'a accueilli en minaudant. Liu Quatz'yeux a approuvé vigoureusement. Gui Œuf de Tortue a applaudi et acclamé l'arrivant. Zhong a ralenti le pas et s'est arrêté dans l'allée. Il avait rêvé de cet instant où il serait enfin le centre de l'attention. En chemin, il a fait deux ou trois haltes pour savourer l'admiration des témoins qu'il apostrophait de toutes ses forces.

« Longue, longue vie à notre grand dirigeant, le président Mao ! »

Il a mis un quart d'heure pour rentrer chez lui. Mais on aurait dit que quelque chose ne tournait pas rond dans la cité. Près de la porte décorée d'un énorme cœur rouge de papier, symbole de loyauté envers le président

Mao, un groupe observait la scène. Ils portaient les brassards rouges de la sécurité du quartier.

« Qu'est-ce que tu fabriques, Zhong ? l'a apostrophé le camarade Jun.

– J'accueille notre dirigeant vénéré, le président Mao !

– Tu appelles ça accueillir le président Mao ! » a crié Vieux Fang le Bossu, le visage blanc d'indignation, les veines bleues de son front saillantes comme les vers de terre qui se tortillaient dans le village de Zhong, là où il avait flanqué une déculottée au diable de propriétaire. « Tu n'es qu'un sale vicieux de contre-révolutionnaire !

– Qu'est-ce que tu as dit ?

– Tu essaies de pendre le président Mao !

– Mais non ! Comment peux-tu dire ça, Fang ?

– À bas Zhong ! À bas le nouvel ennemi de classe ! »

C'est ainsi que Zhong s'est retrouvé pris en flagrant délit. La statue encore fixée sur son dos oscillait au bout de sa corde. On avait bel et bien l'impression qu'un nœud serré étranglait le cou de Mao. C'était indiscutable.

Quand il a pris conscience de son erreur, Zhong s'est effondré. La statue se serait fracassé le crâne sur le sol si Vieux Fang le Bossu n'avait pas bondi, vif comme l'éclair malgré sa difformité, pour la saisir entre ses bras.

Ce soir-là, au cours d'une réunion d'urgence du comité de quartier, le camarade Jun a prononcé un discours animé :

« Voilà encore une grande victoire pour la Révolution culturelle. Les ennemis de classe sont restés cachés parmi nous pendant des années. Ils peuvent être particulièrement dangereux, comme Zhong qui est allé jusqu'à s'introduire dans les organisations révolutionnaires rebelles. Pourtant, le loup dissimulé sous une peau de mouton finit toujours par montrer sa queue. »

Zhong s'est giflé jusqu'aux larmes en jurant qu'il n'avait pas fait exprès, sans succès. Le comité de quartier de la Poussière Rouge et l'usine de pneus ont constitué ensemble un groupe d'enquête chargé de fouiller dans le passé criminel de Zhong. En fonction de leurs découvertes, il risquait des années de prison.

Personne n'aurait pu prévoir la tournure des événements. Les habitants de la cité se sont tus, sauf Veuve Joyeuse Chang qui a été la seule à prendre la défense de l'accusé :

« Il fallait bien que Zhong transporte la statue. »

Le coupable a été placé en isolement dans l'arrière-salle du comité de quartier et la statue a été transportée dans le bureau principal. La pièce paraissait complètement obstruée par la gigantesque statue de Mao qui se dressait en plein milieu, mais personne n'a rien osé dire.

Après des semaines d'investigations poussées, rien de négatif n'a été découvert sur Zhou. Il a alors eu le droit de rentrer chez lui, mais tous les matins, il devait se tenir debout sous le portrait de Mao près de l'entrée de la cité, à côté des autres ennemis de classe afin de reconnaître sa culpabilité. Inutile de préciser qu'il n'était plus question pour lui d'accueillir la statue chez lui ni de se mêler aux conversations du soir. Personne ne l'a vraiment regretté. Et chacun préférait d'ailleurs éviter de s'étendre sur le sujet.

Il s'est passé beaucoup de choses cette année-là et il y avait des tas de documents du Parti à étudier, notamment un qui expliquait que Mao lui-même était contre toute forme de culte de la personne. Au départ, tout le monde a vu dans cette déclaration un nouveau signe de modestie de la part de notre grand et glorieux président, mais selon la rumeur, dans la Cité interdite, les choses étaient souvent bien plus complexes qu'il n'y paraissait. Quoi qu'il en soit, dans tout le pays, les gens ont rapidement cessé d'accueillir des statues du président chez eux.

Dans la cité, un autre événement a eu lieu : dans la pièce située au-dessus du bureau du comité de quartier, la fille du camarade Jun, âgée de cinq ans, a renversé la bassine en plastique dans laquelle elle se lavait les pieds. L'eau a traversé le plafond et dégouliné sur la tête de la statue.

« Elle n'a que cinq ans et elle fait partie des petits Gardes rouges », a déclaré dans un sourire conciliant le camarade Yin, le directeur adjoint du comité de quartier. « Les accidents peuvent arriver, vous savez. »

Coïncidence ou pas, peu de temps après, l'affaire Zhong a été classée. Le groupe d'enquête n'avait trouvé aucun signe d'activité contre-révolutionnaire dans le passé de l'accusé. Son geste a été qualifié d'erreur grave, commise néanmoins sans intention contre-révolutionnaire ni contre Mao. Pourtant, Zhong n'a jamais réussi à se pardonner ce faux pas dramatique, même après l'autocritique émue qu'il a prononcée lors d'une réunion de quartier.

À la fin de cette année-là, Zhong a épousé Veuve Joyeuse Chang.

(À suivre en 1999)

Comme l'eau du fleuve, I

(1971)

Ceci est le dernier Bulletin d'information de la Poussière Rouge pour l'année 1971. En avril, le résumé de la Conférence nationale sur l'éducation a mis en avant deux « conclusions importantes », premièrement, que « le programme d'éducation prolétarienne du président Mao n'avait pas été totalement appliqué », et deuxièmement, que la plupart des gens ayant reçu une éducation avant la Révolution culturelle conservaient « une vision globalement bourgeoise du monde ». Au milieu du mois d'août, le président Mao a organisé une inspection stratégique du sud de la Chine au cours de laquelle il a pointé du doigt les cadres dirigeants qui « ne songent qu'à diviser le Parti et usurper le pouvoir suprême ». En septembre, Lin Biao et ses sympathisants ont orchestré un coup d'État contre Mao. Après l'échec de leur tentative, ils ont trouvé la mort dans un accident d'avion alors qu'ils essayaient de fuir à l'étranger. Le Comité central du PCC a publié un rapport sur « les efforts fournis pour déjouer le coup d'État de la clique contre-révolutionnaire de Lin Biao et Chen Boda ». En octobre, la vingt-sixième assemblée générale des Nations unies a adopté à la grande majorité une résolution restituant au gouvernement de la République populaire de Chine son siège et tous ses droits légitimes à l'ONU. Le gouvernement de Taïwan, dirigé par le Kuomintang, a été expulsé de l'ONU et de toutes ses institutions. La Chine continue à aller de l'avant, portée par les chants triomphaux de la grande Révolution.

*

Chen Xiaohui faisait partie du jeune public qui assistait aux conversations du soir de la Poussière Rouge.

Au fil du temps, les sujets de discussion ont changé. Surtout pendant la Révolution culturelle. Tout propos « féodal, bourgeois et révisionniste » était proscrit. À vrai dire, la coutume ancestrale aurait pu être balayée en même temps que les fameuses « Quatre Vieilleries » – vieilles idées, vieille culture, vieilles coutumes et vieilles habitudes – sans un subterfuge de Vieille Racine, un des conteurs les plus expérimentés, qui a réussi à maintenir ces causeries en les transformant subtilement en une sorte de réunion d'études politiques qu'il présidait en agitant en permanence le *Petit Livre rouge* de Mao. Comme il appartenait à la classe ouvrière dirigeante, il pouvait se permettre de recourir à des stratagèmes peu orthodoxes en toute impunité.

Par exemple, il insistait toujours pour raconter des anecdotes citées par Marx, Engels, Lénine, Staline ou Mao, qui dissuadaient les Gardes rouges de critiquer les réunions. Ce soir-là, après avoir rappelé que Marx citait *La Divine Comédie* de Dante en première page du *Capital*, il a raconté une histoire romantique sur le chef-d'œuvre.

« Marx parlait italien ? a demandé Chen.

– Bien sûr. Quand il a écrit *Le Capital*, Marx a fait des recherches dans plus de dix langues différentes. *Va ton chemin et laisse dire les gens,* c'est le vers qu'il a cité. Et il a dit aussi : *Une langue étrangère est une arme utile dans la bataille de la vie.* »

Cette devise était pourtant contraire aux préceptes de la Révolution culturelle : plus on était instruit, plus on passait pour un contre-révolutionnaire. Mais si Marx avait vanté l'apprentissage des langues étrangères, personne ne pouvait rien dire.

Plus tard, une fois la majorité de l'assemblée dispersée, Chen est resté assis sur un tabouret de bambou, le regard levé vers les nuages qui flottaient dans le ciel infini de la nuit, sans but, comme dans les paysages des estampes classiques.

Il venait aux conversations du soir parce qu'il n'avait rien d'autre à faire.

Au début des années soixante-dix, il avait quitté le lycée Yaojin au moment même où démarrait le mouvement des jeunes instruits envoyés à la campagne pour « y être rééduqués auprès des paysans pauvres et moyen-pauvres ». Le président Mao avait ainsi expédié des millions de jeunes citadins dans les zones rurales les plus démunies. Malgré cela, un certain nombre de jeunes s'étaient déclarés « inaptes » à partir, notamment Chen qui avait prétexté une bronchite. Il avait donc été rangé dans la catégorie des « jeunes en attente d'affectation » qui devraient rejoindre leurs camarades dès leur guérison.

Sans perspective d'étude ni de travail, il attendait dans l'inconnu sans entrevoir la moindre lueur au bout du tunnel et il était rongé par l'inquiétude. Plus tard ce jour-là, il a discuté par hasard avec Yingchang, un voisin qui habitait dans la maison attenante à la sienne. Âgé de seulement un ou deux ans de plus que lui, ce dernier ne faisait pas partie des «jeunes instruits» parce qu'il avait déjà été affecté à un poste dans une usine d'État.

Yingchang a suggéré à Chen d'aller faire du tai chi au parc du Bund, un exercice populaire et déjà «politiquement correct» à l'époque. Le parc n'était pas loin de la cité. Chen a tout de suite été emballé par la proposition.

Finalement, plusieurs personnes se sont montrées intéressées et le lendemain matin, un petit groupe était prêt à partir. Chacun avec ses raisons. Yingchang voulait dépenser l'énergie débordante qui stagnait dans les eaux mortes de l'usine. Huang La Chochotte s'était porté volontaire parce qu'il suivait Yingchang partout comme un petit chien. Meili, une séduisante jeune femme d'une trentaine d'années, venait d'envoyer sa demande d'immigration pour Hong Kong et cherchait à s'occuper en attendant la réponse. Wanyi, le doyen du groupe, suivait parce que le parc se trouvait proche de l'usine où il travaillait.

Alors que la petite troupe sortait de la cité, Chen a entendu plusieurs chants de coqs qui se répondaient. Le règlement de la ville interdisait d'élever des poules chez soi, mais devant la pénurie drastique de vivres, les ménagères rusées se débrouillaient pour élever des volailles en cachette, dans des recoins secrets des maisons *shikumen*. Après tout, à l'époque, les cadres du quartier avaient des problèmes bien plus importants à régler.

« C'est comme dans le vieux proverbe : *Manier l'épée au chant du coq* », a lancé Chen en pressant le pas au souvenir de la légende.

Celle-ci racontait qu'au IIIe siècle, un jeune héros partait s'entraîner à l'épée dès le premier chant du coq.

« Eh bien, les gens manient l'épée du tai chi dans le parc aussi », a ajouté Yingchang.

En lui-même, le parc représentait une attraction. Malgré sa taille réduite, son emplacement le rendait populaire aux yeux des Shanghaïens. L'entrée principale donnait sur *l'Hôtel de la Paix*, rue de Zhongshan, et l'arrière touchait le pont Waibaidu, dont le nom inchangé depuis l'époque coloniale signifiait « les étrangers traversent gratuitement ». À l'extrémité nord, le parc se vantait d'offrir une promenade circulaire au-dessus de l'étendue d'eau scintillante, à la confluence des fleuves Huangpu et Suzhou, ainsi qu'une vue panoramique sur les bateaux qui croisaient au loin vers la mer de Chine orientale.

Dans un manuel d'éducation civique, Chen avait appris une anecdote célèbre sur le parc. Au début du XXe siècle, on racontait qu'il était exclusivement réservé aux expatriés occidentaux et que des Sikhs en turbans rouges gardaient l'entrée près d'un panneau indiquant : *Interdit aux Chinois et aux chiens.* Une véritable humiliation nationale !

Dans le parc, sous le ciel matinal, malgré les proverbes et les légendes, Chen a vite eu du mal à conserver son entrain.

Le tai chi privilégie la lenteur à la vivacité et triomphe des difficultés par la douceur, en accord avec les principes taoïstes du yin et du yang. Dans une petite clairière surnommée « le coin du tai chi », il a fallu peu de temps à Chen pour comprendre que ce sport n'était pas fait pour lui. Alors que les autres progressaient rapidement, il peinait et ratait les postures les unes après les autres, malgré ses efforts pour en retenir les noms : *le maître joue du pipa, le cheval sauvage secoue sa crinière* ou *le chasseur attrape la queue de l'oiseau.* Avec lui, *la grue blanche déploie ses ailes* devenait *la grue blanche se rompt le cou.*

Quant à ses amis de la Poussière Rouge, ils ne venaient pas au parc uniquement pour le tai chi, comme il allait bientôt le découvrir. Meili retrouvait régulièrement un homme au visage allongé surnommé Tête de Cheval, à l'air invariablement mélancolique, au sommet du crâne dégarni, avec toujours dans sa tenue un détail qui suggérait qu'il suivait les tendances. On disait qu'il était marié, pourtant Meili posait pour lui au soleil, une ombrelle de Hong Kong à la main, le buste penché au-dessus de l'eau, les joues roses, le sourire éclatant sous les flashs crépitants de l'appareil. Yingchang, de son côté, avait des vues sur une grande fille qui appartenait à un autre groupe de tai chi. En attendant d'apprendre son nom, il l'avait surnommée La Gracieuse en référence à sa posture dans l'exercice du *tuishou* consistant à repousser l'adversaire avec les mains. Après quelques matinées, il a saisi l'occasion de s'entraîner avec elle, paumes contre paumes, suivant le rythme lent et spontané de la poussée qui entraînait leurs deux corps dans un mouvement fluide et naturel. Mais dès qu'elle a compris ses intentions, elle a repoussé ses avances en faisant pivoter son avant-bras gauche pour le forcer à se tourner sur le côté ; puis elle a tiré son bras vers le bas, ce qui lui a fait perdre l'équilibre et l'a envoyé titubant vers l'avant où il est tombé par terre sous les rires des spectateurs.

Mais Chen, lui, ne voyait pas l'intérêt de continuer à perdre son temps. Debout près du fleuve, les yeux rivés sur l'horizon enveloppé dans un manteau de brume, il s'est rappelé quelques vers d'un poème de la dynastie des Song : *Vers l'est coule le grand fleuve dont les ondes / Ont emporté tant de héros de l'ancien monde*[1].

Mais comme dit le proverbe chinois, *il n'y a pas d'histoire sans hasard.*

À gauche du « coin du tai chi », Chen avait remarqué une jeune fille assise sagement sur un banc peint en vert, un livre à la main. De temps en temps, la brise venue du fleuve ébouriffait ses longs cheveux noirs. Elle arrivait généralement assez tôt et se plongeait dans sa lecture sans prêter attention aux gens qui enchaînaient les postures. Derrière elle, les gouttes de rosée scintillantes s'accrochaient aux feuillages comme une myriade d'yeux rieurs, ouverts joyeusement sur la lumière du matin.

La scène n'était pas banale. Un slogan politique en vogue à l'époque disait qu'étudier ne servait à rien. Cette notion était même à la base du mouvement des jeunes instruits à la campagne. La couverture de plastique rouge du livre indiquait qu'il devait s'agir des citations du président Mao. Mais sur le banc à côté d'elle se trouvait aussi un autre livre qu'elle attrapait de temps en temps.

---

1. Su Dongpo, « Réflexions sur le rocher rouge », sur l'air du « charme d'une belle chanteuse », traduit par Xu Yuanzhong, in *Cent poèmes lyriques des Tang et des Song*, Éditions en langues étrangères, 1987.

Les gens ne pouvaient s'empêcher de jeter vers elle des regards curieux. Chen la trouvait irrésistible, surtout quand elle levait ses grands yeux de son livre pour laisser rayonner son immense beauté intérieure. Yiangchang lui aussi a commencé à rôder autour du banc, tel un corbeau solitaire tournant autour d'un arbre dans la nuit. D'après ses observations, l'autre livre était un dictionnaire sino-anglais. Puis il a fait une autre découverte étonnante. Le livre qu'elle tenait à la main n'était pas le *Petit Livre rouge*; elle dissimulait sous la couverture un livre en anglais, sans doute une méthode d'apprentissage illustrée. Une telle ruse était compréhensible à l'époque. Des patrouilleurs pourvus de brassards rouges pouvaient surgir à tout moment et demander : « À quoi bon apprendre l'anglais en pleine Révolution culturelle ? »

Chen connaissait la réponse. Confiante, elle préparait son avenir.

Elle avait choisi d'apprendre l'anglais et lui, qu'allait-il faire ? Il avait beau faire partie des jeunes instruits, son éducation était lacunaire ; ses manuels scolaires avaient été les ouvrages du président Mao.

Mais on pouvait trouver des livres en anglais dans les librairies ou les bibliothèques. Chen s'est alors procuré quelques méthodes de langue chez son oncle, un homme qui avait presque réussi à se transformer en ouvrier ordinaire depuis qu'il avait enfoui ses manuels d'université sous son lit dans un carton qui prenait la poussière.

Le lendemain, Chen est arrivé au parc avec le premier volume et s'est installé sur un banc de bois brut non loin de celui de la jeune fille.

Ce matin-là, avec son long manteau rouge, elle paraissait fleurir contre le décor de verdure. De temps à autre, elle levait les yeux pour observer le spectacle du parc. Mais pour lui, elle éclipsait tout le spectacle.

Il avait du mal à commencer son apprentissage tout seul, mais il était déterminé. Sa nouvelle toquade l'éloignait cependant de ses compagnons de tai chi qui ont imaginé toutes sortes d'hypothèses pour justifier le changement. Selon eux, il était tombé amoureux de la femme au livre, mais il réfléchissait trop pour oser l'aborder. Il avait donc pris un manuel dans un effort désespéré pour attirer son attention. Yingchang, le plus impulsif du groupe, a voulu jouer les porte-parole, mais son initiative n'a pas remporté un franc succès. Le lendemain matin, il a qualifié la jeune fille de « Glaçon Givré », un surnom qui suggérait qu'elle s'était montrée difficile à aborder, sans pour autant entrer dans les détails.

« Tu n'y es pas du tout, Yingchang, a protesté Chen. Tu ne comprends rien. »

Mais l'anecdote l'a encore effrayé davantage. Elle n'avait aucune raison de s'intéresser à un jeune « en attente d'affectation » qui n'avait qu'un niveau débutant en anglais. Du coup, il a travaillé d'arrache-pied, espérant qu'un jour, il serait capable de discuter avec elle dans une langue compréhensible d'eux seuls.

Sa mère a commencé à s'inquiéter de le voir passer tout son temps au parc, mais son père, professeur de lycée et fervent taoïste, s'appuyant sur la fameuse théorie des cinq éléments, a estimé que tout cela pourrait s'avérer profitable au jeune homme. D'après la date de naissance de Chen et le *feng shui* de la cité, un endroit en rapport avec l'eau était des plus propices à son épanouissement.

« À la Poussière Rouge, il y a trop de terre et pas assez d'eau », a-t-il décrété en hochant la tête.

Le parc est peu à peu devenu l'endroit le plus cher aux yeux de Chen. Par un matin brumeux, assis à sa place habituelle, il a surpris la jeune femme en train de lever la tête. Leurs regards se sont croisés un instant. Vêtue d'un pull rose, sa silhouette se découpait contre les nuages flamboyants du matin. Consciente des regards qu'il lui jetait, elle a gardé la tête baissée, un léger sourire aux lèvres, pareille à une fleur de lotus se balançant au gré du vent, comme dans un court poème de Xu Zhimo : *Légère et la tête baissée, / tel un lotus en fleur sur les eaux, / fragile, tremblant dans la brise fraîche, / adieu, adieu, / ta voix douce et triste murmure / Sayonara !*

Puis Chen a remarqué autre chose. Un homme rondelet aux cheveux gris s'est approché d'un pas traînant et s'est assis sur le banc. Il n'était pas rare de voir des gens partager un banc, mais il lui a semblé qu'elle se mettait à faire la lecture au vieux monsieur qui hochait la tête et pointait du doigt une page, murmurant comme s'il parlait tout seul, presque imperceptiblement, quand personne n'était en vue.

De toute évidence, l'homme lui faisait la leçon. Au début des années soixante-dix, enseigner l'anglais dans un lieu public risquait d'attirer les soupçons. D'où la mise en scène de deux inconnus partageant un même banc.

Chen a alors décidé qu'au lieu d'aborder l'élève, il irait plutôt demander à l'homme de l'aider dans son apprentissage.

Le vieil homme, nommé Rong, était un professeur d'anglais à la retraite. La Révolution culturelle avait brutalement mis fin à sa carrière et depuis, il fréquentait le parc, offrant son aide à qui la voulait. Il a tout de suite accepté Chen comme nouvel élève.

Mais monsieur Rong tenait absolument à ne s'occuper que d'un étudiant à la fois afin de ne pas risquer d'être démasqué.

Chen n'était pas pressé. Un jour ou l'autre, il réussirait à parler à la jeune fille en anglais. En moins de deux mois, il avait terminé le premier volume du *College English*. Admiratif, monsieur Rong passait de plus en plus de temps avec son élève.

Savoir la jeune fille près de lui, le livre ouvert sur les genoux, a permis à Chen de progresser à pas de géant. Par moments, il ne pouvait s'empêcher de jeter un coup d'œil vers elle et s'émerveillait de ses métamorphoses subtiles sous la lumière matinale. D'abord, elle apparaissait comme un oiseau bleu mordillant le bout d'un stylo d'un air pensif, et l'instant d'après, elle redevenait une vive demoiselle de Shanghai aux pieds cambrés dans des sandales d'été, son pendentif de jade vert se balançant sur un fin lacet au-dessus de sa poitrine. Derrière elle, un pavillon de style européen et sa véranda blanche complétaient la scène dans une sérénité ravie.

Un beau matin, elle n'est pas venue s'asseoir comme tous les jours à sa place.

Chen ne s'est pas trop inquiété, du moins, pas tout de suite. Contrairement à l'école, on ne forçait pas les gens à venir au parc tous les jours...

Une semaine s'est passée sans que son pied ne vînt fouler les pavés du sentier qui serpentait jusqu'au banc vert. Il a commencé à se demander ce qui lui était arrivé. Mais il n'avait aucun moyen de le savoir. Il ne connaissait même pas son nom.

Il a interrogé monsieur Rong qui ne savait rien non plus et ignorait même où elle habitait. Sûrement pas très loin du parc, c'était tout ce qu'il pouvait dire.

Une fois encore, la communauté de la Poussière Rouge s'est empressée d'offrir toutes sortes d'hypothèses pour expliquer cette disparition. Yingchang a agité sa cigarette comme une baguette magique et prédit que Chen se remettrait bientôt au tai chi.

Des jours, des semaines et des mois ont passé. Le fleuve continuait à couler, les mouettes blanches planaient toujours au-dessus de l'eau ; leurs ailes surgissaient dans la lumière grise comme les éclats d'un rêve à moitié oublié. Plus d'une fois, Chen est resté au parc jusqu'à ce que la démarcation entre les fleuves Huangpu et Suzhou ait disparu dans le crépuscule montant.

Un jour elle reviendrait, se disait-il, et elle le trouverait assis là, sur le banc le plus proche du sien. Et ils se parleraient, peut-être en anglais.

Et puis, dès les premières brises d'automne, les membres du groupe de tai chi se sont désistés un par un. Aucun n'est devenu un maître en arts martiaux.

Chen s'est retrouvé seul dans le parc à entamer le troisième volume du *College English.* Monsieur Rong souffrait d'hypertension artérielle et se faisait lui aussi de plus en plus rare, mais son absence ne dérangeait pas Chen qui pouvait continuer à étudier sans lui.

Un après-midi, il a gravi les escaliers de pierre qui menaient à la berge. À sa droite, il a aperçu un homme à la barbe et aux cheveux blancs qui pratiquait le tai chi dans un kimono de soie clair à larges manches orné de boutons de soie rouge. Il se déplaçait en parfaite harmonie avec le *qi* de l'univers dans un enchaînement de postures dont Chen se rappelait encore les noms : *attraper la queue de l'oiseau, la grue blanche déploie ses ailes, séparer la crinière du cheval...*

S'il avait persisté, serait-il devenu un maître comme cet homme ? Il a médité cette question en respirant l'air piquant et familier de la berge.

Debout sur le quai, il a rouvert le livre qu'il tenait à la main. C'était un roman anglais intitulé *Random Harvest*[1]. Il contenait des tas de mots qu'il ne comprenait pas, mais il arrivait à en suivre l'histoire. Il avait entendu dire qu'elle avait été adaptée au cinéma. La version chinoise portait un titre romantique : *Retrouvailles des canards mandarins.* Dans la culture classique, les mandarins symbolisaient les amants inséparables.

Le vent capricieux commençait à déchirer les pages. L'endroit n'était pas propice à la lecture. Il a fermé le livre. Alors qu'il jetait un coup d'œil par-dessus son épaule, elle est réapparue, vêtue du même pull rose, assise sur son banc devant le buisson qui tremblait dans la brise...

Mais c'était une autre jeune fille, un authentique *Petit Livre rouge* à la main.

---

1. Roman de James Hilton (1941). Adapté au cinéma sous le titre français *Les Prisonniers du passé.*

Le matin est dans les bras du Bund, ses cheveux scintillants de rosée…

Il a songé à la fin du roman anglais, quand Paula court à travers les collines pour rejoindre Smith, priant pour que le miracle ne soit pas un rêve.

(À suivre en 1989)

Comment faire le chou au vinaigre

(1973)

Ceci est le dernier Bulletin d'information de la Poussière Rouge pour l'année 1973. Dans un communiqué émis en février, la Chine et les États-Unis ont annoncé que des Bureaux de liaison seraient créés dans les capitales des deux États. En mars, sur les conseils du président Mao, le Comité central du PCC a rendu au camarade Deng Xiaoping le droit d'exercer une activité régulière au sein du Parti et lui a restitué son titre de vice-Premier ministre. Le Comité central a également approuvé le « rapport d'enquête sur les crimes de Lin Biao et sa clique antiparti », avant d'exclure définitivement Lin Biao, Chen Boda, Ye Qun et d'autres membres de cette clique. En août, le Dixième Congrès national du PCC qui s'est tenu à Pékin a confirmé la théorie de la « Révolution permanente sous la dictature du prolétariat » adoptée lors du Neuvième Congrès et approuvé le nouveau Comité central constitué sous l'égide du président Mao. Le Parti et le peuple ont encore remporté une grande victoire.

*

Cet automne-là, quand Rongrong a quitté le lycée, elle a été affectée à un poste de vendeuse de légumes sur le marché de Ninghai. Un coup de chance étonnant qu'elle devait en réalité à l'intervention du comité de quartier. La cité de la Poussière Rouge avait autorisé l'implantation de plusieurs stands de nourriture près de l'entrée arrière, et la jeune résidente méritait bien cette faveur. Sans cette bonne fortune, elle aurait attendu chez elle, sans étudier et sans travailler, pendant un temps connu du seul Ciel.

Elle n'était pas particulièrement enchantée par la nouvelle. Mais si elle refusait la proposition, elle serait critiquée, traitée d'ingrate, ou pis encore, d'« individualiste bourgeoise », parce qu'elle faisait la difficile et préférait un travail répondant à ses critères personnels au lieu de consacrer sa jeunesse de façon désintéressée à la Révolution culturelle. Le camarade Jun, le chef du comité de quartier, a eu une discussion avec elle qu'il a conclue par une citation du président Mao : *Au sujet des emplois révolutionnaires, il n'existe pas de distinction entre l'humble et le noble ; quelle que soit la position que nous occupons, nous sommes tous là pour servir le peuple.*

Elle s'est donc rendue au marché dont les stands branlants s'alignaient sur les deux trottoirs de la rue Ninghai, partant rue de Shandong à l'extrémité est pour parcourir plusieurs allées jusqu'à la rue Xizang à l'ouest, contre la porte arrière du Grand Monde.

Cela dit, cet emploi avait ses avantages. Seulement deux minutes de marche séparaient sa maison de l'étal. Là, elle s'est frotté les yeux dans la grisaille du matin, bâillant derrière le comptoir en béton enseveli sous les paniers de légumes, protégé par une bâche en plastique qui à la moindre averse fuyait copieusement et dégageait une forte odeur de chou rance. Le marché ouvrait tôt, au son d'un carillon électrique qui se déclenchait vers cinq heures. Rongrong a enfilé le tablier noir des vendeurs et frissonné en s'imaginant travailler là jour après jour, sous les yeux des voisins qui la pointeraient du doigt et colporteraient des ragots dans la cité. Elle s'est bien gardée de dire quoi que ce soit, mais son air maussade n'a pas échappé à Xia Œil de Lynx, le chef du rayon légumes.

Afin de lui donner une leçon prolétarienne, Xia a pris des dispositions spéciales. Pour les vendeurs du marché, la période la plus chargée était le petit matin, car les ménagères de Shanghai avaient l'habitude d'acheter des produits frais avant de partir travailler. Après l'heure de pointe, Rongrong et ses collègues s'occupaient généralement de préparer les produits pour le lendemain. Rongrong est donc restée interloquée quand on lui a demandé de fouler le chou au vinaigre qui remplissait un grand baquet de bois à côté de l'étal.

« Pourquoi ? a-t-elle demandé.

– Parce que cela donne une saveur unique au chou, a répondu Xia sans lever les yeux vers elle. C'est une pratique ancestrale. Tu n'as qu'à demander à tes parents prolétaires si tu veux tout savoir.

– Si je... »

Elle n'a pas achevé sa phrase car elle avait entendu parler de cette pratique et compris le sous-entendu dissimulé sous le qualificatif employé pour désigner ses parents. Xia n'avait pas choisi cette expression au hasard.

« Pour ce travail, a-t-elle repris, je crois que j'aurais besoin d'un équipement spécial. Une paire de chaussures en plastique par exemple.

– Tu plaisantes, j'espère. Tu dois fouler le chou pieds nus, bien sûr. Sinon le vinaigre perd toute sa saveur. »

Il a plissé les yeux d'un air pensif.

« Et puis, au bout d'un mois, les chaussures seraient fichues à force de tremper dans l'eau salée toute la journée. »

Encore une fois, elle ne pouvait répliquer. Le chou au vinaigre était un aliment répandu à Shanghai où il était accommodé de multiples façons, frit avec des lamelles de porc, en ragoût avec des pousses de bambou, ou bien tout simplement, en soupe. Quelqu'un du marché devait bien le fabriquer.

Cet après-midi-là, elle a retiré ses chaussures, grimpé sur la montagne de chou qui marinait dans le grand baquet et s'est mise à fouler. L'eau salée giclait sous ses pieds comme les eaux furieuses de la crique de Suzhou. Elle s'est efforcée de ne pas regarder. Bientôt, elle a ressenti des picotements. Elle ne pouvait pas s'arrêter de fouler car la douleur devenait plus intense, presque intolérable, dès qu'elle ralentissait la cadence.

À la fin de la journée, elle a miraculeusement réussi à se traîner jusque chez elle. Elle a passé ses pieds sous l'eau chaude, puis sous l'eau froide, les a frottés jusqu'à user la moitié d'un pain de savon, sans résultat. Elle sentait le chou au vinaigre.

Au bout de quelque temps, la corvée lui est devenue machinale ; elle piétinait le chou sans prêter attention aux regards curieux des passants. Elle devenait une attraction du marché, a-t-elle entendu dire un jour, mais que pouvait-elle y faire ?

Six mois plus tard, lors d'une réunion politique, elle a expliqué qu'elle travaillait dans l'industrie alimentaire sans entrer dans les détails. Un ancien camarade de lycée qui rêvait de devenir poète et qui s'avérait être aussi un fin gourmet lui a glissé à l'oreille :

« Tu es vraiment délicieuse. »

La remarque l'a décontenancée.

« Quand j'étais assis à côté de toi, j'ai imaginé un grand bol de soupe de sciène au chou au vinaigre et aux pousses de bambou. Je sais que ça ne peut pas venir d'ici, le plat n'est même pas au menu du restaurant. »

Cette soupe était un mets très prisé des familles shanghaïennes. Il ne pouvait pas savoir en quoi consistait son travail, donc le compliment devait être sincère, pareil à la maxime confucéenne qui disait : *Elle est si belle qu'on pourrait la dévorer.*

Elle a vite compris d'où lui était venue l'image quand elle l'a vu renifler l'air autour d'elle et elle s'est alors empressée de quitter la réunion.

La rougeur du printemps
quitte les fleurs dans les bois[1].

Le lendemain matin, elle s'est mise à fouler le chou avec violence, comme si elle déchargeait toute sa frustration dans le mouvement mécanique qui a bientôt pris des allures de danse compulsive. Elle ne pouvait plus s'arrêter.

Ses voisins l'ont vue se démener telle une possédée dans le baquet. Lors d'une conversation du soir, l'un

1. Li Yu, « Le Regret », traduit par Xu Yuanzhong, in *Cent poèmes lyriques des Tang et des Song*, Éditions en langues étrangères, 1987.

d'eux a abordé le sujet en secouant la tête comme un jouet mécanique.

« Il suffirait d'écraser le chou avec un gros caillou. Ça marcherait aussi bien. Pourquoi imposer une telle punition à une jeune fille comme elle ?

– Toi, tu ne connais rien à notre culture et à nos vieilles coutumes », a rétorqué Zhao Yiguang, un voisin connu pour ses attaques féroces lancées à tort et à travers.

« Qu'est-ce que tu veux dire, Zhao ?

– La touche humaine. Le *qi*, l'énergie invisible, est transmise par son corps jeune et vigoureux. D'après l'étymologie chinoise, si on enlève le radical *nè* signifiant "maladie" au caractère *xian* (champignon), on obtient le caractère *xian* (délice), les deux mots ayant exactement la même prononciation. Lorsque Cang Jie a inventé notre langage, il a fait apparaître une correspondance divine entre les caractères semblables complétés par des radicaux ou seulement un trait de plus ou de moins. C'est pourquoi je trouve cela idéal que Rongrong foule le chou de ses pieds nus. Pourquoi ? Parce que le chou au vinaigre est très populaire dans le sud de la Chine où des tas de gens souffrent de champignons aux pieds. Ses pieds la piquent parce que le champignon baigne dans le liquide salé, c'est pour ça qu'elle doit piétiner vigoureusement. Croyez-le ou non, la touche humaine que reçoit en permanence le chou agit comme un révélateur de goût. Et en même temps, l'eau salée agit peut-être comme un remède contre les champignons. »

Mais Zhao n'était pas une source fiable, il avait même la réputation d'inventer des histoires exprès pour justifier son point de vue. Sa démonstration a paru encore plus louche quand il a ajouté une remarque à la fin de son discours :

« Ses pieds blancs comme la neige étincelante dansant sur le chou au vinaigre donnent un spectacle si sensuel. Comme dit le proverbe, *la fleur de lotus s'épanouit dans la boue.* »

Pendant les jours qui ont suivi, les adeptes de la conversation du soir ont évité de manger du chou au vinaigre. Mais c'était un mets bon marché et délicieux, et ils n'ont pas pu s'en passer très longtemps.

Puis d'autres personnes ont remarqué l'énergie extraordinaire que Rongrong déployait dans son travail, notamment ses collègues. Lors d'une séance d'études politiques réunissant les employés du marché, le secrétaire du Parti Qu, un cadre aguerri réputé pour ses compétences en matière d'« idéologie éducative », a cité Rongrong en exemple et vanté ses performances dans un discours destiné à exprimer ses inquiétudes face à l'attitude paresseuse et bougonne des autres jeunes recrues.

Ne sachant que dire, elle n'a cessé de remuer nerveusement les pieds, comme si elle continuait à fouler le chou. Elle savait bien qu'il n'était pas question d'avouer la vérité.

« J'essaie seulement d'imaginer… » a-t-elle réussi à lancer, le cerveau débordant des phrases qu'elle avait apprises aux réunions d'études politiques, « que c'est l'ennemi de classe au cœur noir que j'écrase sous mes pieds. C'est la haine de classe qui me donne cette force inépuisable.

– Magnifique ! Voilà ce que j'aime entendre ! » a applaudi le secrétaire du Parti Qu.

Puis il a passé ses doigts dans ses cheveux épars, les plaquant en arrière d'un air songeur tout en hochant la tête.

Quelques jours plus tard, un éditorial du quotidien *Libération* a repris la comparaison formulée par Rongrong lors de la réunion. L'article ajoutait que la jeune ouvrière incarnait la conscience élevée du système de classe que possédait la jeunesse chinoise. Le secrétaire du Parti Qu a également été cité pour son expérience et son esprit novateur.

Désormais, il n'y avait plus la moindre lumière au bout du tunnel, s'est dit Rongrong cet après-midi-là, alors que le haut-parleur du marché citait l'article du journal. Plusieurs voisins se sont rassemblés autour d'elle. Piétinant de plus belle, elle s'est foulé la cheville en voyant un rat surgir de la gouttière qui recueillait l'eau noire de sel.

À la fin de l'année, elle a obtenu le titre de « jeune travailleuse modèle » et a été convoquée pour l'occasion dans le bureau du chef de la propagande du marché situé derrière son étal.

Elle a bondi hors du baquet de chou au vinaigre et n'y a plus jamais remis les pieds.

Vieille Grand-mère et ses enfants

(1983)

Ceci est le dernier Bulletin d'information de la Poussière Rouge pour l'année 1983. La commémoration du centenaire de la mort de Karl Marx organisée par le Comité central du PCC a rassemblé plus de 10 000 personnes. Le Premier ministre Zhao Ziyang a exposé les quatre principes de la coopération économique et technique avec les pays africains. Lors de sa première session, la Sixième Assemblée nationale populaire a élu Li Xiannian président de la République populaire de Chine (RPC), Peng Zhen président de l'Assemblée et Deng Xiaoping président de la Commission militaire centrale. La Chine a réussi à faire fonctionner son premier super-ordinateur, Galaxie-I, capable d'effectuer plus de 100 millions d'opérations à la seconde. La Chine est devenue membre permanent de l'Organisation mondiale du tourisme. À la fin de l'année, la valeur globale de la production industrielle et agricole a atteint 920,9 milliards de yuans, ce qui représente une augmentation annuelle de 10,2 %.

*

Quand le train de nuit s'est arrêté inopinément suite à un problème technique, j'étais en train de lire une biographie de Paul Valéry. L'auteur y affirmait qu'un des tournants de la vie du poète avait eu lieu le jour où il avait décidé d'aborder une femme mariée inaccessible, mais je n'étais pas convaincu.

Je me suis donc retrouvé arrêté en garde de Tai'an, dans la province du Shandong, et j'ai décidé d'en profiter pour escalader le mont Tai qui se dressait avec majesté dans une proximité menaçante. Assister au lever de soleil au sommet de la montagne, là où le premier empereur de la dynastie des Qing avait un jour offert son sacrifice au Ciel, était une occupation souvent célébrée dans la poésie chinoise classique.

Cette nuit-là, j'ai donc entrepris de gravir le sentier abrupt. La tâche s'est avérée plus rude que je ne l'avais imaginé. Au détour d'un virage envahi de fougères, j'ai aperçu un groupe de vieilles femmes de soixante-dix à quatre-vingts ans qui traînaient devant moi leurs pieds bandés dans une démarche lente et opiniâtre. Elles portaient des serviettes blanches sur la tête et étaient vêtues d'habits traditionnels d'un noir plus sombre que les ailes des corbeaux qui claquaient dans le ciel. La façon dont elles ont répondu à mon salut m'a laissé entendre qu'elles habitaient la région. Et j'ai été plus que surpris par la scène, ces femmes si vieilles qui grimpaient péniblement dans les profondeurs de la nuit. Elles m'ont expliqué qu'elles allaient brûler de l'encens du matin : plus on y allait tôt, plus on montrait sa déférence et plus le rituel était efficace. À ma connaissance, il n'y avait pas de temple bouddhiste ou taoïste sur cette montagne ;

elles n'en voyaient pas non plus. Il y avait là une divinité appelée « Vieille Grand-mère du Mont Tai », ont-elles insisté. Où ça ? Quelque part dans les montagnes. Bouddhiste ou taoïste ? Ça n'avait pas d'importance. De toute façon, Vieille Grand-mère était un être extrêmement puissant. Une bonne récolte pour l'année, un autre petit-fils au printemps prochain, un dentier assez solide pour pouvoir mordre dans un petit pain… tous ces bienfaits dépendaient de la bonne volonté de Vieille Grand-mère.

Je les ai écoutées un moment puis, pressant le pas, je les ai laissées derrière moi et bientôt, je n'ai plus pu distinguer leurs paroles. Dans l'immobilité de la nuit, seules les étoiles froides paraissaient chuchoter de temps à autre au-dessus de ma tête.

Enfin, j'ai atteint une auberge délabrée au sommet de la montagne. Il était minuit passé. J'étais épuisé, mais la pensée de ces vieilles femmes encore en train de gravir la montagne à petits pas m'a redonné courage. Je n'avais pas de raison de me plaindre. Je me suis laissé gagner par le sommeil.

À mon réveil, le ciel était couvert. Impossible de voir le lever du soleil. Déçu, je me suis attardé un moment au sommet. Alors que j'entamais la descente, j'ai aperçu à nouveau les vieilles femmes désormais à genoux devant l'entrée d'une grotte minuscule. Curieux, je me suis penché par-dessus leurs épaules pour regarder l'intérieur du sanctuaire obscurci par l'écran de fumée des bougies et de l'encens. Je pouvais à peine discerner quoi que ce soit. Il m'a fallu plusieurs minutes pour distinguer sur le mur de la grotte une vague figure de vieille femme grossièrement sculptée. Elle était peut-être seulement apparue par hasard, creusée par l'usure du temps. Une des vieilles femmes étalait sur le sol une robe de soie brodée, se balançant d'avant en arrière comme pour écraser de l'ail.

« Vieille Grand-mère, murmurait-elle, protège ma chère belle-fille. Laisse-la mettre au monde son deuxième enfant à Shanghai. Fais que tout se passe bien. Arrange-toi pour que cette fois-ci, ce soit un garçon. Et je te promets que dans un an, je reviendrai t'apporter une robe de soie. »

J'avais lu qu'il était courant de faire des offrandes à Bouddha, que les adorateurs avaient coutume de revêtir les statues du dieu de splendides robes hors de prix. Sans statue, les vieilles ne pouvaient que poser les vêtements par terre symboliquement. Je suis resté derrière ces femmes indifférentes à ma présence, comme à toute autre chose au monde à cet instant.

Au milieu de cette froide nuit, Fleur de Prunier s'est levée de son lit pour accueillir son mari, Jun, qui rentrait plus tard que d'habitude en traînant ses pieds lourds comme du plomb. Elle s'est empressée de lui apporter une serviette chaude, une paire de chaussons de coton matelassés et une tasse de thé.

Dans la hiérarchie des cadres du Parti, sa position de chef du comité de quartier de la Poussière Rouge était pratiquement tout en bas de l'échelle, mais il se démenait comme un forcené, sept jours sur sept jusque tard dans la nuit, réceptionnant les documents importants du Parti qui arrivaient en flot continu et les demandes des habitants de la cité qui l'appelaient systématiquement pour résoudre un quelconque problème de voisinage.

« J'ai mangé un morceau au bureau, a-t-il expliqué à sa femme avec un geste de la main.

– Encore un petit pain froid et rassis ? »

Elle a remarqué la ride qui creusait le front soucieux de son mari et su qu'il était inutile d'insister. Il a allumé une cigarette et elle est allée préparer une bouillotte pour la nuit. Un vent strident faisait claquer les tiges de bambou qui s'entrecroisaient au-dessus de la cour pour accueillir le linge mouillé.

Dès qu'elle l'a vu éteindre sa cigarette, elle l'a guidé jusqu'au lit sans dire un mot.

Elle s'est blottie contre lui sous la couverture de coton molletonnée. Chacun son tour, ils posaient leurs pieds froids sur la bouillotte.

« La journée a été dure ? » a-t-elle articulé en bâillant dans sa main, les yeux levés vers lui.

« Pas trop, mais demain…

– Qu'est-ce qui se passe ?

– Tu as vu quelqu'un chez Peiwen ?

– Non, je ne suis pas allée chez elle depuis une semaine », a-t-elle dit tout en réfléchissant à la question.

Selon le règlement municipal, il était interdit de rester à Shanghai sans permis de résidence, même pour une courte visite. Les étrangers devaient s'enregistrer au comité de quartier. C'était donc à Jun de vérifier ces faits, d'autant plus que Peiwen habitait dans la même maison que lui.

« Maintenant que tu m'en parles, il me semble que sa porte est tout le temps fermée… »

C'était inhabituel. Dans la maison *shikumen* où les voisins partageaient tant de choses dans la cuisine ou dans la cour, les portes étaient presque toujours ouvertes.

« Une semaine entière. C'est un signe. Ce n'est sûrement pas un visiteur ordinaire…

– Un criminel ? » a-t-elle laissé échapper, le visage soudain blême.

La mission impartie à son mari le lendemain s'annonçait dangereuse.

« Non, une femme enceinte qui essaie de faire naître son enfant ici, à l'encontre de la politique du Parti qui n'autorise qu'un seul enfant par couple.

– Ah, c'est donc ça. »

Une des responsabilités du camarade Jun était de faire respecter la politique du Parti dans le quartier. Un travail sans danger.

« J'ai vu Peiwen avant-hier. Elle ne m'a rien dit. Si une femme se cache ici, ce n'est sûrement pas quelqu'un de la cité.

– Non, elle vient de la campagne du Shandong. La milice l'aurait traînée jusqu'à la clinique la plus proche pour la faire avorter.

– Eh bien… »

Dans les grandes villes comme Shanghai, les cadres du Parti comme Jun faisaient subir une pression considérable à une femme enceinte qui avait déjà atteint le « quota de naissance », mais malgré ces moyens de dissuasion, une femme vraiment volontaire pouvait s'arranger pour garder l'enfant, moyennant une lourde amende et l'abandon de sa carrière. À la campagne, les choses étaient radicalement différentes. Au nom du respect de la loi du Parti, les avortements forcés étaient monnaie courante.

« Il est arrivé une histoire similaire à mes cousins dans un village du Anhui », a-t-elle commencé, recroquevillant ses orteils contre la jambe de son mari. « La femme enceinte de son second enfant s'est cachée pour échapper à la milice, alors ils s'en sont pris au mari et l'ont fait castrer.

– Tu veux dire qu'ils lui ont fait une vasectomie ?

– Je ne sais pas si ça s'appelle comme ça, mais je peux te dire qu'ils l'ont ligoté comme un porc qu'on va égorger sur la table d'opération et qu'ils l'ont coupé. Malheureusement, sa femme a donné naissance à une deuxième fille. Autant de sacrifices pour rien.

– Dans les campagnes, on a beau essayer de les convaincre, les paysans n'écoutent rien. Ils font des enfants les uns après les autres, deux, trois, quatre, cinq, jusqu'à ce qu'ils aient un fils. »

Après un court instant, Jun a ajouté :

« Vu le nombre d'habitants qu'il y a dans notre pays, nous n'avons pas le choix.

– Mais si elle vient du Shandong, tu n'es pas obligé de...

– On est venu m'informer. Ne serait-ce que pour la sécurité de notre quartier, je dois mener mon enquête. Vieux Fang le Bossu jure qu'il ne la laissera pas s'en tirer comme ça. Tu connais le vieil activiste.

– Quand tu iras chez elle, tu pourrais ne pas la trouver. Sauver une vie, la vie d'un bébé, est une action plus honorable que la construction d'une pagode bouddhiste.

– Ce n'est pas si facile. Vieux Bossu et les autres insisteront pour m'accompagner. Je suis désolé, mais je ne peux rien faire.

– Alors, la milice de la province viendra la chercher pour la ramener dans le Shandong où elle se fera opérer.

– Je n'y peux rien… »

Il était troublé, elle le voyait. Il lui a serré l'épaule puis a relâché son étreinte dans un tremblement nerveux. C'était un homme bon, mais c'était un cadre du Parti avant tout.

Dans le lit à côté d'elle, il se tournait dans tous les sens. La nuit s'annonçait longue. Le cœur lourd, elle a déboutonné son pyjama et s'est donnée à lui.

Comme toujours, cela leur a apporté du réconfort. Les cheveux collés de sueur, la tête blottie contre son épaule, elle n'avait plus si froid sous la couverture, bien que la bouillotte soit déjà devenue tiède.

Peu de temps après, il s'est mis à ronfler de son rythme familier mais Fleur de Prunier n'était toujours pas apaisée. Elle se sentait vide. Digne épouse d'un cadre du Parti, elle avait subi une ligature des trompes des années plus tôt. Pendant plus d'une heure, elle a fixé le plafond où tournoyaient des ombres pareilles à des corbeaux de mauvais augure, bougeant au gré du jeu sinistre de la lumière nocturne qui filtrait par les fentes du rideau.

Elle a fini par prendre une décision. Le lendemain matin, elle irait très tôt au marché et attendrait près de la sortie de la cité, à l'endroit où toutes les voisines passaient, y compris Peiwen…

Pelotonnée contre Jun, Fleur de Prunier s'est laissée glisser dans un rêve où elle se retrouvait transformée en épouvantail, debout au milieu d'un champ désolé, levant pathétiquement un éventail de palmes tressées décharné pour avertir du danger.

Oiseaux du temps

(1986)

Ceci est le dernier Bulletin d'information de la Poussière Rouge pour l'année 1986. En début d'année, la Banque asiatique de développement a invité la Chine à rejoindre ses membres. À l'occasion de l'année internationale de la paix organisée par les Nations unies, le Premier ministre Zhao Ziyang a adressé un discours au monde entier dans lequel il a exprimé la volonté de la Chine de travailler de manière responsable avec le reste du monde pour réduire les tensions internationales et maintenir la paix. En mars, la quatrième session du Sixième Congrès national du peuple a adopté le septième plan quinquennal (1986-1990), les principes généraux du droit civil, la loi sur l'éducation obligatoire et la loi sur les entreprises à capitaux étrangers. Dans un entretien avec le Premier ministre australien Robert Hawke, le camarade Deng Xiaoping a exposé les objectifs de la Chine pour la fin du siècle et l'entrée dans le prochain millénaire qui sont de quadrupler le montant de la production nationale par rapport à 1980 et d'atteindre le niveau de vie des pays développés. En cette période de « porte ouverte » et de grandes réformes, nous sommes convaincus que sous la direction de notre grand Parti, nous atteindrons notre objectif.

*

Cette nuit-là, nous étions si jeunes.

Les cheveux encore mouillés, tu m'as tiré hors de l'étroit *tingzijian*[1] à travers la cité de la Poussière Rouge jusqu'à la rue de Jinling pour des « emplettes de nuit ».

Dans un magasin faiblement éclairé du coin de la rue, tu es tombée en adoration devant un caneton en peluche qui, une fois remonté au moyen de la petite clé, s'est mis à se dandiner sur le comptoir en verre déglingué, gloussant et se pavanant comme si le cercle qu'il traçait était le centre de l'univers.

« Si à chaque fois, tu m'achètes un de ces colifichets en peluche, as-tu dit en sortant du magasin les mains vides dans ton pull blanc brodé de jacinthes qui scintillait sous le ciel étoilé, dans un an, on aura une pièce entière remplie de ces babioles ridicules. »

Ridicule, ça l'était, mais des tas de choses paraissaient largement plus ridicules à l'époque, avons-nous convenu en nous dirigeant vers le restaurant situé de l'autre côté de la rue de Jinling.

À notre grande surprise, nous étions les seuls clients. Nous avons choisi une table à l'extérieur et avons étudié le menu sur un tableau noir accroché au mur dénudé près de l'entrée. À l'intérieur, le serveur, un vieux hibou aux cheveux argentés, assoupi la tête appuyée sur le coin d'une table, ronflait à un rythme régulier. N'osant pas le réveiller, nous avons décidé de patienter en regardant la rue.

1. Petite pièce située sous l'escalier.

En face, près de l'entrée de la cité, plusieurs personnes assistaient à la fameuse conversation du soir. De loin, nous ne pouvions discerner aucun des discours prononcés à grands gestes passionnés, comme dans une ancienne pièce de théâtre d'ombres. Ils parlaient sûrement d'une bagatelle – une tempête dans un verre d'eau –, « une histoire unique » auraient-ils pourtant insisté. Au milieu du groupe, l'orateur devait atteindre le point culminant de son histoire ; sa cigarette s'agitait entre ses doigts comme un feu follet dans la nuit d'avril.

« À quoi bon échanger des ragots dehors aussi tard ?

– Dans le dialecte de Shanghai, on appelle ça *chenfengliang*: sortir profiter de la brise du soir. Mais ils viennent surtout pour échapper à la réalité avant de retrouver le quotidien étouffant de leurs maisons *shikumen* surpeuplées. »

Derrière le groupe se trouvait un tableau noir qui ressemblait à une antiquité. Le comité de quartier tenait à rédiger un bulletin régulièrement, bien que personne ne lût vraiment tous ces sermons politiques ronflants pleins de phrases insensées.

« L'apparence de toute chose fluctue seulement dans notre esprit », as-tu déclaré en tapotant tes chaussons de plastique nacrés sur le trottoir comme pour battre la mesure d'une chanson cynique sur les vicissitudes des histoires d'en face.

Le serveur aux cheveux blancs s'est enfin réveillé. Il s'est avancé vers nous d'un pas traînant et nous a regardés de haut en bas d'un œil soupçonneux quand tu as tendu la main pour attraper la mienne.

« Je n'ai faim que de toi », ai-je annoncé.

Connaissant l'état de mes finances, tu as commandé un simple bol de canard rôti pékinois pour nous deux.

Le vieux serveur nous a regardés partager notre plat. Une longue nouille s'étirait entre nos deux baguettes comme le pont des pies de l'histoire. L'homme scandalisé a toussé quand il t'a vue attraper un morceau de canard rôti pour le déposer dans ma bouche tandis que je citai T.S. Eliot : *Avril est le mois le plus cruel.*

Nous étions en avril, les jacinthes fleurissaient sur tes bras nus devant le paysage irréel du Bund au loin, illuminé par les néons qui clignotaient comme le monde à travers nos yeux naïfs.

Et puis notre printemps s'est achevé, il y a eu une séparation, des retrouvailles fortuites, puis une nouvelle séparation dans une autre ville, un autre pays où nous étions semblables à des morceaux brisés de racines de lotus, incapables de réunir le présent et le passé…

Les décennies se sont enfuies comme se dissipent les nuages, comme se dissout la brume, comme le soleil couche son rouge sombre sur le dos d'une oie sauvage, jusqu'à ce coup de téléphone inattendu reçu ce soir de l'étranger, avec au bout du fil ta voix alourdie par le voyage et la fatigue, la voix des grands banquiers d'affaires.

« Ces temps-ci, dès que l'occasion est bonne, j'achète une propriété, que ce soit à New York, Hong Kong, Melbourne ou Shanghai », as-tu commencé, comme toujours, sans préambule. « À Pékin, je viens d'acheter une Porsche et un appartement qui donne sur le lac où on peut voir barboter une famille de cygnes. Tu te souviens de cette soirée dans le restaurant près de ta cité ? C'était il y a des années. À l'époque, on n'avait même pas de quoi se payer un bol de nouilles au canard rôti pékinois.

– Même pas du canard rôti ? »

Déconcerté, je reste debout dans la pénombre de ma chambre d'hôtel qui surplombe le Bund.

« Non. On a passé des heures à étudier le menu écorné.

– Vraiment ?

– Le canard rôti se trouvait en haut de la liste, je m'en souviens, mais il était trop cher pour nous, deux pauvres étudiants en littérature qui croyaient conquérir le monde avec des mots. Oh, j'ai un double appel. C'est un client important. Excuse-moi, je te rappelle. »

La conversation s'interrompt de façon aussi abrupte qu'elle a commencé. Incapable de retrouver le sommeil, je sors de l'hôtel et me dirige vers la cité de la Poussière Rouge.

Aucune certitude n'est jamais acquise, qu'il s'agisse du canard rôti, du menu, ou même de nos souvenirs. Seules les étoiles charrient les murmures du passé.

Au coin de la rue de Jinling et de la rue du Fujian, la cité est encore debout, plus délabrée qu'avant, presque méconnaissable.

À cette heure tardive, personne n'est dehors. Quelques tabourets de bambou déglingués sont éparpillés devant l'entrée, trop abîmés pour valoir la peine d'être déplacés.

Le restaurant d'en face a dû être démoli il y a longtemps ; il a été remplacé par une boîte de nuit. Un éclat de rire se répand dans l'air frais du soir, une fille en short et soutien-gorge semblable à un *dudou* traditionnel sort de l'établissement puis y retourne sans prononcer un mot. Je reste là, baigné dans le halo du néon qui se mue en une variété de formes étonnantes. Fasciné, je discerne un couple de canards mandarins, symbole des amants inséparables dans la littérature chinoise classique, qui barbotent dans une flaque d'eau verte, bravant fièrement la solitude de la nuit. J'ai à peine entrevu l'image qu'elle s'évanouit déjà. Debout, immobile, j'attends un certain temps que les figures réapparaissent, mais la vision m'échappe.

S'agit-il encore d'une illusion sortie tout droit de mon esprit ?

Je m'apprête à partir et frissonne quand un corbeau surgi de nulle part fond sur moi, faisant claquer ses ailes dans la nuit.

Comme l'eau du fleuve, II
(1989)

Ceci est le dernier Bulletin d'information de la Poussière Rouge pour l'année 1989. Au début de l'année, le président américain George H. W. Bush est venu en Chine. En mars, plusieurs personnes ont été tuées au Tibet lors d'une manifestation organisée par une poignée de séparatistes, mais dès que le Conseil d'État a imposé la loi martiale à Lhassa, la ville a retrouvé son calme. En avril, la population chinoise a franchi la barre des 1,1 milliard d'habitants et une journée nationale a été instaurée. Le camarade Hu Yaobang, ancien secrétaire général du PCC, est mort des suites d'une crise cardiaque. Étonnamment, son décès a suscité l'agitation du milieu étudiant. Des manifestations illégales se sont multipliées, demandant l'arrêt de la lutte contre la libéralisation bourgeoise et l'abolition de la loi sur les manifestations. Le mouvement étudiant s'est bientôt répandu dans d'autres villes et a engendré une grève de la faim de plusieurs jours menée par les quelque trois mille personnes qui occupaient la place Tian'anmen. Au même moment, le président de l'Union soviétique Mikhaïl Gorbatchev est venu en Chine assister au sommet sino-soviétique afin de normaliser les relations entre les deux pays et les deux partis. Le 20 mai, le Conseil d'État a décrété la loi martiale sur Pékin. Les troubles se sont transformés en révolte révolutionnaire au cours de laquelle des casseurs ont construit des barrages et attaqué des soldats. Le 4 juin, les troupes appelées par la loi martiale sont entrées sur la place Tian'anmen et ont obéi à l'ordre de nettoyer la place. La situation à Pékin et dans les autres villes est peu à peu revenue à la normale. Le quatrième plénum du Treizième Comité central du PCC a démis Zhao Ziyang de ses fonctions et élu Jiang Zemin secrétaire général.

*

C'était un soir au début du printemps. Chen Xiaohui sortait tout juste d'une réunion à l'*Hôtel de la Paix*, un établissement qui depuis la fin des années quatre-vingt ne servait plus exclusivement les étrangers.

Il s'est dirigé vers le parc du Bund tout proche. Parfois, marcher l'aidait à réfléchir, surtout le long du fleuve. La décision à prendre était cruciale.

Le Bund lui a semblé plein de vie, peuplé d'amoureux assis sur les bancs de béton ou debout sur la berge. Les eaux encore polluées montraient des signes d'amélioration. Et de l'autre côté des flots illuminés par les néons, le quartier de Pudong avec ses immeubles neufs s'étirait jusque dans les champs d'autrefois.

Chen a franchi la porte de fer forgé, traversé une petite place et atteint un banc peint en vert sous un grand peuplier. C'était sa place habituelle. Au dos du banc, un slogan avait été gravé dans les années soixante : *Longue vie à la dictature du prolétariat !* Le banc avait été repeint plusieurs fois, mais le message gravé avait traversé les années.

Comme tout le reste de la ville, le parc avait subi des transformations. Chen aussi. «Jeune instruit en attente d'affectation», sans école et sans travail, il était venu étudier là au début des années soixante-dix avant de devenir l'intellectuel prometteur qu'il était aujourd'hui.

Il ne s'est pas assis sur le banc. Portée par la brise fraîche d'avril, la mélodie de la grosse horloge du bâtiment des douanes de Shanghai est parvenue jusqu'à lui. Ce n'était plus *L'Orient est rouge* carillonné pendant la Révolution culturelle.

Le temps s'écoulait comme l'eau du fleuve.

Chen venait de recevoir deux propositions extraordinaires.

L'une d'elles lui avait été faite à l'hôtel. On lui offrait un poste de responsable éditorial d'une collection d'ouvrages intitulée « La Marche vers le nouveau siècle ». Rien à voir avec un poste d'éditeur à temps plein. Sa tâche consisterait seulement à sélectionner les sujets, étudier les propositions et prendre les décisions finales. Il pourrait continuer à enseigner la philosophie à l'université.

Par ailleurs, il avait obtenu une bourse pour passer un an aux États-Unis en qualité de professeur invité. Il pourrait choisir l'université qui l'accueillerait. Mais il devrait alors quitter la Chine, ce qui l'empêcherait de superviser la nouvelle collection.

Tandis qu'il respirait le parfum familier et piquant du fleuve, il a senti son cœur pencher du côté de la bourse. C'était l'occasion rêvée pour lui de poursuivre ses études. Il a prolongé sa promenade le long de la berge tout en se remémorant la conversation qu'il avait eue à l'hôtel.

« Ces livres auront une portée inouïe, dans notre siècle et pour les générations à venir », avait dit Ruan, éditeur à la Shanghai Publishing House, dans le halo d'une lampe ancienne. « C'est pour ça que nous avons choisi comme titre "La Marche vers le nouveau siècle". La Chine se trouve à un carrefour. Vous êtes le candidat idéal pour ce projet, professeur Chen. »

Au milieu des années quatre-vingt, malgré la réforme économique, la réforme politique n'était encore qu'une promesse creuse étalée dans les journaux du Parti. Pour amener le changement, certains jeunes intellectuels estimaient qu'il fallait traiter le problème à la racine, tandis que d'autres voulaient s'inspirer de la pensée occidentale. Une série d'études culturelles, sociales et philosophiques répondrait à un réel besoin de la population, mais Chen n'avait pas donné sa réponse.

« À l'époque actuelle, avait conclu Ruan, nous ne pouvons plus nous contenter de ne penser qu'à nous, professeur Chen. »

Une sirène sifflait au-dessus des eaux. Chen a levé la tête et s'est dirigé vers la sortie. Les reflets des néons ne cessaient de projeter sur les flots sombres des messages multicolores clignotants en anglais et en chinois.

Après avoir allumé une cigarette, Chen a ralenti le pas. Au son pressant d'une cloche, un marin basané enroulait les aussières d'un bateau de croisière sous les yeux des passagers qui attendaient devant les courants obscurs. À sa gauche, la rue de Zhongshan prolongeait l'immense perspective d'immeubles somptueux qui avaient accueilli les compagnies occidentales au début du siècle, les institutions du Parti communiste dans les années cinquante, avant de rouvrir récemment leurs portes aux entreprises occidentales. Soi-disant pour renforcer le prestige du Bund à travers le monde.

Chen a failli percuter une jeune fille qui s'élançait, aveugle, tel un papillon de nuit, vers l'entrée du parc où un jeune homme agitait la main dans sa direction. Elle portait un long imperméable rouge. Elle lui a vaguement rappelé quelqu'un, ainsi qu'un vers d'un poème de la dynastie des Tang : *Sauf que tout devenait insaisissable, même en cet instant.*

Il a pris une grande inspiration pour se concentrer sur son dilemme. S'il s'occupait de la collection d'essais, il en profiterait pour inclure un ouvrage sur le parc, exposant les changements survenus pendant les époques coloniales et postcoloniales, et aussi depuis la Révolution culturelle. Les nouvelles études historiques commençaient parfois par des anecdotes concrètes. Pour cet ouvrage, une photo des cours d'anglais qu'il avait pris au parc dans sa jeunesse pourrait faire l'affaire. L'euphorie lui fit accélérer l'allure.

Il s'est dirigé vers le nord en traversant un pont. Il n'était pas pressé de rejoindre son étroite mansarde.

Bientôt, il s'est perdu dans un labyrinthe de ruelles enchevêtrées, dont une avait même conservé ses pavés. Il devait s'agir du district de Hongkou, une zone encore proche du parc. Il lui a fallu plus de temps qu'il n'aurait cru pour retrouver son chemin. Il a alors continué à déambuler au hasard tandis que la lune s'effaçait derrière les nuages. Un poème de Su Dongpo lui est revenu en mémoire : *La lune blême est suspendue au-dessus des rares brindilles, / La nuit profonde, silencieuse. / Une oie sauvage solitaire / semble un ermite. / Effrayée, elle se détourne, / sa peine ignorée des autres. / Tâtant chacun des rameaux gelés, / elle choisit de ne pas se percher / Tandis que les feuilles d'érable glacées tombent / sur la rivière Wu.* Ces vers écrits par un poète de la dynastie des Song en exil faisaient paraît-il référence aux décisions politiques qu'il avait prises au cours de sa carrière, mais certains lecteurs y voyaient une allusion à sa vie personnelle.

Alors qu'une bruine commençait à tomber, Chen a aperçu au coin d'une rue un minuscule restaurant dont l'enseigne accrochée au-dessus d'une lanterne rouge indiquait : *Petite famille.* Ce devait être un établissement privé, un phénomène encore nouveau dans la ville.

Il est entré. Il s'agissait d'un ancien logement dans une maison *shikumen* qui s'ouvrait sur une courette. Le restaurant ne contenait que quatre ou cinq tables de bois ordinaires, mais l'atmosphère était chaleureuse. Au fond de la pièce, dans une lumière douce, une femme séduisante assise derrière un comptoir bricolé lisait un magazine. Dans son dos, une cloison séparait la cuisine de la salle.

Elle s'est levée pour accueillir le visiteur et l'a mené jusqu'à une table près de la fenêtre.

De toute évidence, elle était à la fois propriétaire, serveuse, sans doute aussi cuisinière, et bien sûr, hôtesse en sa demeure, avec ses chaussons d'intérieur et son tablier blanc brodé de fleurs roses. Chen a jeté un bref coup d'œil au menu qu'elle lui tendait. Il offrait une variété intéressante, notamment des entrées froides comme du tofu à l'huile de sésame, des dés d'œuf de cent ans ou encore une moitié de tête de poisson fumé. Autant de plats bon marché et néanmoins délicieux.

Je ne sais pas où va le vent... Je ne sais pas... Des bribes d'une chanson populaire au refrain adapté d'un vers de Xu Zhimo s'échappaient d'un lecteur de cassettes. Étudiant, Chen avait rêvé d'une carrière comme celle de Xu.

« Je n'ai pas très faim, a-t-il dit. Quelques petits plats suffiront. Et un verre de bière.

– Oui, il est tard, a répondu la femme dans un sourire chaleureux. Pour commencer, je vous conseille le poulet au vin de riz et le tofu froid aux oignons verts et à l'huile de sésame. Nous avons de la bière Tsingtao. »

Les plats qu'elle recommandait n'étaient pas les plus chers du menu. Il a accepté d'un hochement de tête.

« Ensuite que diriez-vous de nouilles "sur l'autre rive" ? Je vous servirai une portion de poulet avec la bière et je garderai le reste pour les nouilles.

– C'est tentant. »

On lui avait raconté un jour l'histoire de l'origine des nouilles « sur l'autre rive ». Selon la croyance populaire, une épouse dévouée avait inventé un moyen de servir les nouilles encore chaudes à son mari qui étudiait toute la journée de l'autre côté du pont.

Sans s'attarder sur la légende, il nota une attention qu'il n'avait jamais rencontrée dans les restaurants d'État. Peut-être parce que la femme, propriétaire de son commerce, travaillait pour son propre compte.

Il a acquiescé de nouveau avant de sortir son carnet pour relire les notes griffonnées au cours de la réunion de l'hôtel. Diriger la collection ne serait pas une tâche facile, s'est-il dit en raisonnant plus froidement qu'auparavant. Face à certains sujets controversés, toute la responsabilité reviendrait à l'éditeur en chef.

Il devrait redoubler de prudence. Jusqu'à présent, les autorités s'étaient montrées tolérantes avec lui, mais le climat politique pouvait changer d'un jour à l'autre. Il s'est alors remis à envisager la possibilité d'un recueil sur le parc du Bund. L'ouvrage pourrait avoir une portée importante. Il a tiré de sa mallette un livre anglais sur l'histoire de Shanghai.

Les plats sont arrivés sur la table. Près de lui, les mains croisées sur son tablier délicat, la femme semblait attendre son approbation. Il a levé ses baguettes. La chair du poulet était tendre et riche des saveurs de l'alcool, le tofu froid relevé aux oignons verts et à l'huile de sésame délicieux ; les deux plats répondaient à ses exigences de gourmet tant au niveau de la couleur que de l'odeur et du goût. La bière était bien fraîche. Un accord presque parfait en cette soirée de début de printemps.

La propriétaire est retournée lire derrière le comptoir.

Sirotant sa bière, Chen a été étonné de surprendre son esprit qui s'égarait vers une nouvelle de Yu Dafu intitulée « Enivrantes nuits de printemps ». Après une nouvelle gorgée de bière, il a observé la femme qui revenait vers lui, un bol de raisin à la main.

« Offert par la maison.

– Le repas était excellent, a-t-il répondu. Vous devez avoir du monde la journée.

– Pas mal. Grâce à Bouddha. On a nos spécialités. Comme la marmite de têtes de poisson épicées ou le poisson vivant du lac des Mille Îles. Les clients reviennent. Mais vous allez déjà goûter aux nouilles. »

Elle a jeté un coup d'œil sur le livre anglais posé sur la table, baissant la tête comme un lotus sous la brise fraîche…

D'abord hésitant, comme noyé dans une brume matinale, le souvenir de la jeune fille du banc vert lui est revenu.

Il se rappelait parfaitement ce geste. C'était elle, la fille qui apprenait l'anglais dans le parc du Bund, celle qui avait été pour lui depuis une source d'inspiration inépuisable. Tous les événements qui s'étaient enchaînés par la suite étaient liés, même indirectement, à ce premier maillon.

Les matinées perlées de rosée au parc où il se rendait pour la voir lui avaient permis d'endurer les années de la Révolution culturelle et d'obtenir la meilleure note en anglais à l'examen d'entrée à l'université en 1977. Quatre ans plus tard, c'était encore grâce à son niveau d'anglais qu'il avait été admis au master de philosophie occidentale qui lui avait ouvert la voie vers son poste d'enseignant.

Confus à l'idée de croiser son regard, il a baissé les yeux jusqu'aux chaussures qui laissaient voir deux pieds nus dont les ongles peints en rouge brillaient comme des pétales tombés.

Nul n'est un arbre, / qui se tient debout par lui-même. / Le vent qui brise le pétale / me brise aussi.

Mais après tout ce temps, il n'était pas certain que ce fût bien elle. Un simple geste ne suffisait pas.

« Excusez-moi, a-t-il commencé. Je crois que je vous ai déjà vue. Il y a des années.

– Vraiment ?

– Est-ce que vous appreniez l'anglais au parc du Bund au début des années soixante-dix ?

– Oui, j'y suis allée pendant quelques mois, pour le plaisir.

– Vous ne vous souvenez pas d'un jeune homme qui étudiait là-bas aussi ?

– Un jeune homme qui faisait de l'anglais aussi ? »

Elle l'a toisé d'un air dubitatif.

Il n'était pas étonnant qu'elle n'ait pas été aussi marquée que lui.

« Oui, je crois que je me souviens, mais… c'était vous ?

– Oui, c'était moi. J'ai suivi votre exemple et je me suis mis à l'anglais, a-t-il articulé avec émotion en se levant de sa chaise. Grâce à ces jours passés au parc, j'ai réussi mon examen d'entrée à l'université en 1977. Et j'enseigne aujourd'hui à l'université de Shanghai.

– Félicitations.

– J'étais et je vous suis encore extrêmement reconnaissant. Quand j'étais étudiant, je vous ai cherchée partout. »

Il avait effectivement essayé plusieurs fois de la retrouver, allant jusqu'à visiter d'autres universités, persuadé qu'elle était également étudiante. Sans succès.

« Jamais je n'aurais imaginé que je vous rencontrerais aujourd'hui ! Alors, comment vont les choses pour vous ?

– Pas trop mal. Nous avons ouvert avant les autres, donc nous avons pas mal d'habitués. Et nous allons bientôt nous agrandir. Du moins, je l'espère. »

Elle restait vague et ne parlait pratiquement que de son restaurant.

Pendant un instant, il n'a plus su quoi dire. Un bref silence a enveloppé la pièce. Elle est restée debout près de lui, ses cheveux d'un noir profond retenus par un foulard de coton bleu, et son visage pâle dans la lumière.

Ils étaient partis du même point, mais où étaient-ils arrivés ? Elle faisait partie des *getihu*, les « entrepreneurs individuels », une appellation presque toujours péjorative dans la Chine socialiste. Les journaux les définissaient comme une excroissance peu légitime de la planification du pouvoir central, un expédient pour les quelques chômeurs du pays.

Allait-elle passer sa vie dans ce petit restaurant à cuisiner et à servir les clients jour et nuit, laissant son imagination s'envoler à chaque fois qu'elle s'essuyait les mains sur son tablier ? Il n'arrivait pas à faire le lien entre cette femme et la jeune fille qui étudiait dans le parc.

Il s'est alors rappelé une remarque de Yingchang, un de ses compagnons de tai chi de l'époque : « Elle compte beaucoup pour toi. » Il ne se l'était jamais avoué. À cet instant précis pourtant, il n'était plus sûr de rien.

Dans la philosophie existentialiste, l'individu n'est que la somme totale de ses actes, or on n'est pas toujours libre d'agir comme on l'entend, surtout en Chine. Pouvait-il décemment la tenir pour seule responsable de ses choix et donc, de sa transformation ?

Il ne connaissait pas la réponse.

Le parcours de cette femme depuis le parc jusqu'à ce restaurant devait constituer une fameuse histoire. Allait-elle la lui raconter ? Il a pensé au paradigme de Wittgenstein : *Sur ce dont on ne peut parler, il faut garder le silence.*

Mais il lui restait une question qui, sans réponse, risquait de le hanter pendant longtemps encore. Était-ce lui qui, en fréquentant le parc, avait sans le vouloir provoqué son départ ? Dans la lumière chatoyante du restaurant, l'incertitude devenait pour lui de plus en plus pesante.

Car il avait souvent songé à cette hypothèse et imaginé plusieurs interprétations. Elle avait peut-être été gênée par sa présence, par les avances subtiles d'un jeune inconnu, bien qu'il ne l'eût jamais réellement abordée. Dans un autre scénario, elle avait été contrariée de voir que le vieux professeur la délaissait pour se consacrer à son nouvel élève.

Il lui a tendu une chaise. Ils étaient assis l'un en face de l'autre à la même table, plus près qu'ils ne l'avaient jamais été au parc, mais encore séparés par le verre et les assiettes.

Au lieu de poser sa question, il a commencé à lui raconter sa propre histoire et la façon dont elle l'avait inspiré au fil des années.

Elle a écouté son récit sans l'interrompre, sauf une fois où elle s'est levée pour lui servir de l'eau. Légèrement penchée sur la table, elle touchait les raisins verts de ses longs doigts et, pressant trop fort un grain, elle l'a fait éclater malgré elle.

Elle trouvait peut-être le discours de Chen ironique. Il suffisait de voir ce qu'était devenue celle qui lui avait servi de modèle.

Dans le silence qui a suivi, Chen a discerné un faible bruit qui venait du fond de la pièce.

« Mon mari ronfle, a-t-elle expliqué honteuse. Mon fils Qiangqiang et lui dorment là-bas. »

C'était bien ce qu'il pensait. Dans le restaurant familial, la famille dormait derrière la salle. Après tout, ce n'étaient pas ses affaires.

Elle a alors entrepris de lui raconter ce qui lui était arrivé.

Comme lui, au début des années soixante-dix, elle avait fait partie des « jeunes instruits en attente d'affectation ». Elle était allée au parc par désœuvrement et y avait croisé un vieil homme qui lisait les *Citations du président Mao* en anglais. Curieuse, elle lui avait posé des questions sur la langue et il lui avait proposé de l'aider. C'était comme ça qu'elle avait commencé à apprendre l'anglais.

Pour une jeune fille, mener un tel projet n'était pas facile. Un voisin avait dû la surprendre. Des bruits avaient circulé dans son quartier. Ses parents, inquiets, avaient eu une discussion avec elle. Elle avait pensé qu'un jour, l'anglais pourrait lui être utile, mais « un jour » était une notion hypothétique trop lointaine qui ne valait pas la peine qu'elle se battît avec ses parents. Elle avait donc essayé de continuer à étudier chez elle. Mais la tâche s'était révélée trop difficile ; il y avait trop de distractions dans la minuscule pièce où la famille se serrait et puis sa mère était tombée malade et elle avait dû s'occuper de la maison.

Après la Révolution culturelle, elle n'avait pas passé l'examen d'entrée à l'université. Elle avait obtenu un travail dans un atelier du quartier et elle avait épousé un des ouvriers. Au début des années quatre-vingt, son mari, gravement blessé, s'était retrouvé dans l'incapacité de travailler. Elle avait alors quitté son poste pour l'aider à faire tourner le restaurant familial.

Elle parlait à voix basse, pour ne pas réveiller sa famille qui dormait derrière la cloison, se disait Chen.

Malheureusement, son histoire n'avait rien d'extraordinaire. Et il était déçu de ne pas y figurer. Mais les « bruits » qui avaient couru sur elle, bien qu'elle n'en ait donné aucun détail, avaient peut-être été causés par lui, le jeune homme assis près d'elle, un livre à la main lui aussi, comme un complice. Un jeune homme avait plus de raisons d'alimenter l'imagination et les soupçons des voisins qu'un vieillard.

Rétrospectivement, la vie paraissait bel et bien *pleine de hasards ironiques dans lesquels le yin et le yang semblent s'être égarés*, comme en témoignait son intérêt mal placé pour le tai chi, son imaginaire transporté sur le banc vert, ou encore les fausses rumeurs colportées par les voisins… Un événement en amenait un autre, et encore un autre, jusqu'à un résultat méconnaissable.

Aurait-il mieux valu que cette rencontre n'ait pas eu lieu ?

« Oh, il est tard, a lancé Chen brusquement.

– Ne vous inquiétez pas, nous sommes ouverts jusqu'à minuit… »

Mais il était déjà minuit passé. Le tofu avait perdu sa fraîcheur et dégorgeait de l'eau dans l'assiette. Le poulet était resté pratiquement intact. Chen n'avait pas le courage d'attendre les nouilles « sur l'autre rive ».

« Je vais devoir y aller, s'est-il excusé. Mais j'ai été heureux de vous croiser ce soir. Dites-moi si je peux faire quoi que ce soit pour vous aider. »

La proposition sonnait faux. Quelle sorte d'aide aurait-il pu lui apporter ?

Elle l'a raccompagné jusqu'à la porte. Dehors, seul un réverbère éclairait la nuit. Un air de violon s'échappait par intermittence d'une fenêtre au coin de la rue déserte.

Chen lui a tendu sa carte de visite.

« À bientôt. »

Il a commencé à s'éloigner. Au bout de quelques pas, il a jeté un coup d'œil par-dessus son épaule sans réussir à entrevoir une dernière fois la femme qui s'engouffrait dans la lumière de sa *Petite Famille.*

Il s'apprêtait à reprendre sa route quand il a entendu des pas qui approchaient derrière lui.

Elle lui rapportait son carnet qu'il avait oublié sur la table.

« C'est à vous, Chen. Vous écriviez dessus.

– Merci. Ce sont des notes sur un projet que je ne vais sûrement… »

Apercevant l'éclat qui brillait au fond de ses yeux clairs, il s'est interrompu.

« Quand j'ai vu votre carte, a-t-elle commencé avec ferveur, je me suis souvenue que je vous avais vu à la télé. Ce que vous faites est important. S'il vous plaît, continuez. Pas seulement pour vous, mais pour tous ceux qui n'ont pas votre chance. »

Ces paroles l'ont surpris et ont touché en lui une corde qui vibrait encore après toutes ces années.

« Oui, ma décision est prise. Grâce à nos retrouvailles de ce soir. »

Il resterait donc en Chine pour superviser « La Marche vers le nouveau siècle ». Sa chance, il la tenait d'elle. Il lui devait bien ça : il continuerait à travailler dans leur ville pour les idéaux de l'époque où ils étudiaient ensemble près du fleuve. Dès que la collection serait publiée, il lui enverrait les livres. Elle comprendrait. *Il y a peut-être une signification dans la perte de signification*.

Une nouvelle sirène venue du fleuve a résonné jusqu'à lui avant de s'éteindre dans la nuit.

(À suivre en 2008)

Vestiges de nuages et de pluie

(1994)

Ceci est le dernier Bulletin d'information de la Poussière Rouge pour l'année 1994. Encore une année de changements et d'avancées pour le peuple chinois. La banque chinoise de développement a été fondée pour soutenir les priorités étatiques, encourager un développement discipliné et construire une société harmonieuse. La Huitième Assemblée populaire a ratifié le Code du travail chinois. Le gouvernement a exprimé sa volonté de réformer le système de logement dans l'ensemble du pays. La Chine et la Russie ont proclamé la fin des dissensions qui perduraient entre les deux pays et juré solennellement qu'elles ne pointeraient plus leurs missiles nucléaires et n'emploieraient jamais la force l'une contre l'autre. En septembre, le Comité central du PCC a discuté des moyens de renforcer la construction du Parti. Le gouvernement central a annoncé un plan pour le développement d'une industrie automobile indépendante. La Chine s'est connectée à NSFNET (Internet). En fin d'année, le chantier du barrage des Trois-Gorges a démarré.

*

Tu regardes l'empereur Minghuang, de la dynastie des Tang, un gobelet d'or à la main, tituber dans son palais resplendissant, puis présenter Beauté de Jade, sa concubine préférée, à An le Barbare[1], son fidèle général.

« Tu sais quoi ? Ses seins sont délicieux, tendres comme des tiges de taro fraîches sorties d'un panier de bambou fumant.

– Doux et crémeux comme du lait caillé tout juste trait au nord de la Grande Muraille », tente An le Barbare dans un effort pour inventer une métaphore encore plus époustouflante qui lui fait oublier un instant sa condition.

Au milieu de leurs éclats de rire, le rideau de tulle tremble comme les ailes délicates d'une cigale pour dévoiler un corps voluptueux plongé dans un bain d'eau de source orné de nénuphars dansants…

À minuit, encore sous l'emprise de l'alcool, An le Barbare est pris de panique au souvenir du commentaire prononcé plus tôt dans le palais. En cette année 755, il décide de se soulever et envoie sa puissante armée saccager la Grande Muraille. Des millions de soldats sont massacrés et écrasés comme des fourmis au cours de la célèbre Révolte d'An Shi. An le Barbare lui-même mord la poussière sans avoir pu poser à nouveau la main sur la concubine. Sur son lit de mort, il tient une ceinture à pois roses entre ses doigts. On dit que la sueur de la jeune femme, par le plus grand des miracles, avait imprimé des pétales de roses sur le tissu au milieu de la passion des nuages changés en pluie et de la pluie tourbillonnant dans les nuages…

---

1. Il s'agit de An Lushan.

Au tomber de rideau, tu te lèves, encore envoûté par les échos de ces histoires antiques, et, serrant ton bouquet de roses, tu te faufiles dans les coulisses. Là, au milieu du couloir obscur, par l'entrebâillement d'une porte, tu restes bouche bée en voyant une femme, la tête enfouie dans les genoux d'un homme, le dos nu ruisselant de sueur dans un torrent de lumière. Elle lève la tête, encore dans l'extase de sa performance.

« C'est un jeu d'enfant pour ton oncle, en tant que secrétaire municipal du Parti, de confier ce terrain à l'entreprise de mon oncle. En échange, il a promis qu'il nous donnerait une villa où nous n'aurons plus peur d'être surpris comme ici ou comme à la Poussière Rouge où les murs des *tingzijian* sont aussi fins que du papier et où les voisins ne cessent de fourrer leur nez partout. Oh, tu n'es pas au bout de tes surprises avec moi. Tu sais quoi ? Je viens de lire *Le Classique interne de l'Empereur Jaune.* C'est bien plus fort que le *Kamasutra.* »

Dans l'illumination d'un instant, tu reconnais celle à qui tu apportais les fleurs, une voisine qui a grandi avec toi dans la cité, avec qui tu jouais au cheval de bambou et à attraper des prunes vertes dans une amitié innocente comme dans le poème de la dynastie des Tang. Elle joue aujourd'hui la concubine de l'empereur Tang sur scène. Tu t'enfuis, jetant par terre les roses et leurs épines.

Le pétale était si tendre entre ses lèvres un jour. Tout est possible, mais certaines choses sont impardonnables.

À cause du président Mao, II

(1999)

Ceci est le dernier Bulletin d'information de la Poussière Rouge pour l'année 1999. En mars, lors d'une Conférence nationale sur l'éducation, Hu Jintao a énuméré dans un discours important les « trois valeurs fondamentales » : l'étude théorique, la conscience politique et l'intégrité. Au mois de mai, lors des célébrations du quatre-vingtième anniversaire du Mouvement du 4 mai, les dirigeants du Parti à Pékin ont appelé le peuple à perpétuer la grande tradition du 4 mai en avançant sur la route du socialisme à la chinoise. Le 8 mai, à Belgrade, l'ambassade de la Chine a été bombardée par des missiles de l'OTAN et trois personnes ont été tuées. Le gouvernement chinois a émis une déclaration virulente, condamnant « cet acte barbare qui est une violation grave des lois internationales ». Dans plusieurs villes, des étudiants sont descendus dans la rue pour exprimer leur colère. En juillet, le Comité central du PCC a publié des directives interdisant aux membres du Parti de pratiquer des activités liées au Falun Gong, un mouvement spirituel qualifié de secte religieuse et menaçant la stabilité de la Chine. Le 1er octobre, Pékin a fêté le cinquantième anniversaire de la République populaire de Chine. En effet, notre chère mère patrie a remporté de grands succès au cours de ces cinquante années. En novembre, la Chine a envoyé le premier vaisseau Shenzhou sans équipage dans l'espace. En décembre, la souveraineté de Macao a été transférée à la Chine. Un des fantômes du « siècle de la honte » a enfin trouvé le repos. La Chine fait désormais partie des puissances montantes.

*

Zhong est sorti de chez lui avec son bol de riz et s'est accroupi devant la porte à moitié ouverte. C'était l'été et comme certains voisins, il avait l'habitude de manger dehors pour profiter de la brise fraîche qui soufflait parfois dans l'allée. Après une bouchée, il s'est retourné vers la pièce vide pour regarder le portrait de sa femme, un sourire immuable aux lèvres, accroché dans son cadre noir au-dessus de la statue de Mao qui lui adressait son salut majestueux…

C'était l'heure du déjeuner. Zhong n'avait pas faim et gardait les yeux fixés sur son bol, accroupi dans une position qu'il avait adoptée cinquante ans plus tôt dans son village reculé du Anhui.

Le temps file comme un coursier blanc qui galope en soulevant un nuage de poussière sans regarder en arrière. Depuis qu'il avait épousé Pie-grièche après le jour désastreux où il avait noué une corde autour du cou d'albâtre de Mao pour porter la statue sur son dos pendant la Révolution culturelle, il avait mené une vie ordinaire d'homme satisfait, comme les autres habitants de la cité. Avec le recul, il pouvait même dire qu'il avait été heureux…

« Ton riz va refroidir », a lancé un des voisins.

Il a levé ses baguettes, mais les a immédiatement reposées. Le nez dans son bol, il voyait ses souvenirs s'égrener comme des grains de riz jetés au sol et aussitôt picorés.

Sa femme avait d'abord été la veuve Chang avant de devenir madame Zhong. La métamorphose, plus qu'inattendue, avait causé un certain remous dans la cité. Ensuite, les gens avaient préféré l'appeler Pie-grièche, en référence à son nom de naissance. Selon le professeur de l'école, le surnom portait aussi la métaphore cachée d'un oiseau volant de maison en maison, bien qu'il ne fût plus scandaleux pour une veuve de se remarier.

Elle avait été si bonne pour lui. Ils ne roulaient pas sur l'or, mais elle avait apporté une touche de magie dans son nouveau foyer et malgré leur budget restreint, elle avait radicalement transformé la maison. L'année où elle avait emménagé, elle lui avait confectionné une veste de coton matelassée dont elle retirait la doublure tous les hivers pour la rembourrer d'un épais duvet, lui donnant ainsi une nouvelle jeunesse qui lui faisait chaud au cœur. Sans parler de tous les bons petits plats qu'elle préparait ! Un de ses préférés était le filet de sciène braisé au tofu doux, pour lequel elle passait des heures à retirer les arêtes. Ensuite, elle utilisait les restes de poisson pour lui mitonner une soupe aux nouilles crémeuse et nourrissante, relevée d'une poignée de poivre blanc et d'oignons verts émincés, qui faisait saliver les voisins et les chats du quartier… Il lui arrivait de se réveiller la nuit et de plisser les yeux dans la lumière douce qui filtrait par les rideaux de coton, n'en revenant pas de la chance tardive qu'il avait eue.

Il en était même venu à remercier le ciel de l'incident de la statue de Mao qui avait fait entrer cette femme dans sa vie. En effet, qui peut interpréter la chaîne de causalité du yin et du yang ? La Révolution culturelle s'était éteinte comme un pétard mouillé et nombre d'événements de ces années-là s'étaient changés en plaisanteries. Zhong ne cherchait plus à être le « bec du coq » du mouvement politique, il voulait simplement mener une existence normale, main dans la main avec sa femme jusqu'à ce qu'ils soient tous les deux gris et vieux, comme disait une chanson populaire.

Mais comme rien n'est jamais acquis dans ce monde, elle était tombée malade – une simple grippe – et une semaine plus tard, elle était morte.

Il avait du mal à reprendre sa vie de célibataire. Sans elle à ses côtés, chaque réveil était douloureux. Le printemps s'était envolé avec Pie-grièche, ne laissant derrière lui que les feuilles mortes des saules amassées sur le sol morne de la cité.

Ce jour-là, le bol toujours à la main, Zhong a jeté un autre coup d'œil par-dessus son épaule vers le portrait et la statue. Durant les heures les plus noires de sa vie, s'est-il répété, elle lui avait tendu la main et l'avait sauvé.

Il a allumé une cigarette. D'autres souvenirs du temps passé montaient en volutes avec la fumée.

« Tu m'as l'air soucieux, Zhong ! » a remarqué Aque, un autre veuf de la cité, en se penchant sur le bol de riz intact.

« Non, pas vraiment. »

Mais Aque connaissait Zhong. Ce dernier lui avait parlé de son désir d'acquérir un emplacement au cimetière pour sa défunte moitié.

D'après le règlement municipal, une urne cinéraire pouvait bénéficier d'une « période de grâce de trois ans » et rester au crématorium avec un droit de visite annuel accordé à la famille à l'occasion de la fête de Qing Ming[1]. Mais à la fin de cette période, la famille devait récupérer l'urne. Certains la gardaient chez eux, d'autres s'en débarrassaient, d'autres l'enterraient dans un cimetière disposant si possible d'un *feng shui* de qualité.

Zhong n'envisageait pas d'acquérir un emplacement à Shanghai. Il n'en avait pas les moyens. Sa retraite de l'usine comblait à peine ses dépenses. Mais le sujet lui tenait à cœur car Pie-grièche et lui n'avaient pas eu d'enfant. Il devait donc prendre des dispositions pendant qu'il en était encore capable.

Quand il pensait à elle, il se sentait tellement coupable. Pendant toutes ces années, elle n'avait connu que la misère au fond de la cité miteuse. Elle méritait un lieu de repos décent, avec un *feng shui* favorable, ce qui lui permettrait peut-être d'obtenir une existence meilleure dans une autre vie, s'il y en avait une.

Il avait alors entendu parler d'un emplacement à Suzhou. La photo qu'il avait reçue lui avait plu. Les collines verdoyantes qui s'étiraient au loin semblaient prendre la forme d'un dragon lové. Le lot coûtait moins cher qu'une sépulture à Shanghai, mais il était encore trop cher pour lui.

Il ne voulait pourtant pas passer à côté de l'affaire. Quitte à mettre au clou ou à vendre tous les ustensiles de sa maison, il trouverait une solution. Et il achèterait

1. Depuis 1935, journée nationale de nettoyage des tombes.

une pierre tombale aussi. Selon la coutume, les couples étaient souvent enterrés ensemble sous une seule pierre qui, dans le cas où l'un des deux membres était encore en vie, portait le nom du vivant en rouge et le nom du mort en noir. Les deux noms deviendraient noirs le jour où les époux se rejoindraient pour l'éternité.

Zhong est rentré dans son appartement pour y mener une énième fouille minutieuse. Au bout de deux heures, il avait trouvé trois pièces de monnaie d'argent frappées à la fin de la dynastie des Qing, un héritage de sa grand-mère. Il les a glissées dans la poche de son pantalon et il est parti vers le marché des antiquaires dont il avait entendu parler.

Ce dernier se trouvait dans le quartier de la vieille ville, non loin de la porte de l'Ouest. Des stands et des baraques de fortune de toutes les tailles se serraient des deux côtés de la ruelle pavée. Un vendeur à grosse moustache a déclaré d'un air autoritaire que les pièces de Zhong étaient fausses, mais qu'il lui en offrait trois cents yuans car il s'agissait de « fausses de très bonne facture ».

Zhong a secoué la tête, sûr de la valeur de son trésor. Trois cents yuans ne suffiraient jamais à couvrir tous ses frais. Il a donc décidé de faire le tour du marché.

Au milieu de la ruelle, il a aperçu plusieurs étals exposant des pièces semblables aux siennes ainsi que des tas d'objets qu'il n'aurait jamais imaginé trouver parmi des antiquités, un chauffe-pieds en cuivre, des paniers de bambou peints en rouge pour la nourriture des morts le jour de Qing Ming, des affiches des années trente montrant des courtisanes de Shanghai dans des poses lascives...

Il est resté abasourdi devant un marchand aux cheveux gris accroupi devant une collection de badges de Mao étalés sur un morceau de tissu. Les badges ne valaient pas aussi cher que la monnaie d'argent de la dynastie des Qing, mais les plus rares affichaient des prix allant jusqu'à cent yuans.

Une idée l'a frappé comme une brique. Il est resté sonné un moment, puis il s'est penché à nouveau pour vérifier le prix des badges. Il s'est levé, a rebroussé chemin et s'en est retourné vers la cité.

Là, il s'est enfermé chez lui. Il a tiré les rideaux, a sorti un paquet et s'est mis à aligner les badges de Mao sur le lit.

Cette nuit-là, il a veillé tard, marmonnant tout seul, hagard, hochant la tête devant le sourire immuable du portrait encadré de noir, additionnant des chiffres dans sa tête. Il aurait du mal à trouver le sommeil, il le savait. Et le lit n'était plus si accueillant, ainsi recouvert de badges...

Son regard s'est tourné vers la statue. L'albâtre avait un peu jauni avec le temps, mais il paraissait encore lisse. Dans la pénombre, la silhouette lui rappelait le corps de son épouse serré contre lui dans la nuit noire.

C'était une femme si bonne, non seulement pour lui, mais aussi pour les autres. Elle racontait que quand elle avait perdu son premier mari, une voyante lui avait prédit un destin si dur qu'il accablerait jusqu'à ses proches. Elle s'était donc pliée en quatre pour se rendre douce et aimable. Zhong ne croyait pas aux théories de la bonimenteuse, mais il n'avait rien dit et paradoxalement, la prophétie lui avait souri. Encore une fois, la chaîne de causalité du yin et du yang se montrait imprévisible.

Longtemps après l'incident de la statue de Mao, Zhong était resté meurtri, méfiant. Comme dit le proverbe, *celui qui a été mordu par un serpent une fois tremble pendant dix ans devant une corde enroulée.* La statue grandeur nature de Mao était restée plantée au milieu de l'appartement pour le plus grand désagrément du couple. Un soir, Pie-grièche avait proposé de la fracasser et de jeter les morceaux la nuit en douce dans la poubelle de l'allée. Au milieu des années quatre-vingt, ils ne risquaient plus grand-chose. Mais la perspective avait fait frissonner Zhong qui n'avait pas fermé l'œil de la nuit. En Chine, personne ne pouvait prévoir quand le vent allait tourner. Si Mao revenait au goût du jour, la disparition de la statue pourrait être à nouveau qualifiée de crime politique. Pie-grièche avait essuyé la sueur qui perlait sur le front de son mari du revers de la main et n'avait plus jamais abordé le sujet.

Entre-temps, d'autres habitants de la cité avaient commencé à se débarrasser des reliques de la Révolution culturelle, notamment des représentations de Mao. Quand ils ont appris que Zhou conservait sa statue, ils ont accouru.

« Nous connaissons ton dévouement infini pour Mao », avait annoncé Liu Quatz'yeux, debout dans l'embrasure de la porte, un buste de Mao tendu vers Zhong. « Tu seras sûrement heureux de récupérer ça.

– Mais ma chambre est déjà pleine », s'était récrié Zhong.

Il préférait se servir d'une excuse toute prête plutôt que de renier publiquement sa passion pour Mao. Mais ça n'était pas suffisant.

Le camarade Jun était arrivé à son tour, muni d'une serviette en éponge blanche couverte de badges de Mao scintillants.

« Tu aimes tellement Mao. S'il te plaît, garde-les. Les badges ne prendront pas beaucoup de place. »

Avant que Zhong n'ait eu le temps de répliquer, Pie-grièche s'était emparée de la serviette, un sourire bienveillant aux lèvres.

« Bien sûr, nous les garderons précieusement. »

La nouvelle s'était rapidement répandue dans la cité. Ji Court-sur-pattes avait trottiné jusque chez Zhong pour lui apporter une grande boîte à gâteaux contenant presque un kilo de badges. Cette fois encore, Pie-grièche avait accepté en souriant.

Au bout d'une semaine, quatre ou cinq voisins étaient venus frapper à leur porte.

« Laissez ça là, répondait Pie-grièche en souriant. Ça ne prendra pas beaucoup de place. »

Ils s'étaient ainsi retrouvés maîtres d'une impressionnante collection. Le soir, il leur arrivait d'étaler tous les badges, qu'ils n'avaient pour la plupart jamais vus auparavant, et de comparer les tailles, les styles, les matières et les qualités. L'un d'eux, d'un diamètre aussi large qu'un bol de riz et d'un poids supérieur à une demi-livre, représentait Mao assis dans un fauteuil en rotin, une cigarette en forme de missile entre les doigts. Un autre, de forme carrée légendé *Grand salut de la main*, montrait Mao le bras levé majestueusement devant la porte Tian'anmen… Pendant les années de Révolution culturelle, un nombre considérable d'usines avaient placé la production de badges de Mao en tête de leurs priorités, utilisant pour ce faire les meilleurs équipements et matières premières disponibles. Un badge de Mao original pouvait servir d'atout politique considérable. Le Premier ministre Zhou Enlai lui-même avait porté jusqu'à sa mort un badge de Mao orné de l'inscription *Servir le peuple.*

Dans l'effort de mémoire de Zhong sous la lampe solitaire, des tas d'événements paraissaient acquérir une valeur nouvelle, comme si les badges de Mao tissaient un lien entre les deux époux, comme s'il tenait la main de sa femme dans la sienne, comme si l'espoir se reflétait encore dans leurs regards mêlés…

La nuit se déployait, pareille aux autres nuits, mais chargée du manque de l'absente.

Et il venait d'apprendre que les badges valaient sans doute bien plus d'argent qu'ils ne l'avaient imaginé au cours de leurs longues soirées disparues.

Une sirène qui montait du fleuve lançait son cri désespéré. Zhong a décidé d'apporter tous les badges au marché d'antiquités, ainsi que la statue. La somme récoltée devrait lui permettre d'acheter l'emplacement du cimetière et une pierre tombale, a-t-il calculé en plaçant le crêpe noir qu'il gardait avec lui depuis la mort de sa femme sur ses yeux avant de chercher le sommeil.

Il a rêvé qu'elle était allongée près de lui et faisait mine d'épingler un badge sur sa poitrine nue, une récompense pour les exploits d'un fidèle Garde rouge de la Révolution culturelle et un prélude à l'intimité à venir…

Dans le noir, il a ressenti une vive douleur à la poitrine, comme si le badge lui était réellement entré dans la chair.

Du point de vue des cafards

(2002)

Ceci est le dernier Bulletin d'information de la Poussière Rouge pour l'année 2002. Au début de l'année, les dirigeants du Parti ont reconnu que la corruption pouvait menacer la légitimité du Parti si toutes les institutions sociales et judiciaires continuaient à être rongées par les malversations et le népotisme. Des sondages d'opinion ont montré que la corruption était le principal sujet de mécontentement du peuple. Pour faire face à cette situation, le gouvernement a décidé de renforcer le système judiciaire afin d'exposer et de punir les cadres corrompus. En février, le président américain George W. Bush s'est rendu en Chine pour le trentième anniversaire de la visite du président Nixon dans notre pays. Le vol de Shenzhou-3, le troisième vaisseau spatial sans équipage, a été couronné de succès. Le président Jiang Zemin s'est rendu en Allemagne et dans d'autres pays. En novembre, lors du Seizième Congrès national du PCC, il a prononcé un discours important sur la construction du socialisme à la chinoise. Il a démissionné de ses fonctions de chef du Parti et Hu Jintao a été élu secrétaire général du Comité central. Le même mois, une épidémie de SRAS (syndrome respiratoire aigu sévère) a éclaté dans le Guangdong. Le gouvernement a pris les mesures nécessaires pour prévenir les mouvements de panique, minimiser les répercussions économiques et maintenir la confiance du peuple.

*

Dans le quartier de la Poussière Rouge, un certain nombre de chambres situées à l'étage étaient louées à des « sœurs de province », ainsi appelées parce que ces jeunes filles n'avaient pas grandi à Shanghai mais dans d'autres provinces.

À ce moment-là, à Shanghai, on se serait cru au début du siècle dernier. En effet, après la disparition des coupons de rationnement et des postes inamovibles du secteur public, l'indispensable déclaration d'habitation était tombée en désuétude et des tas de gens, comme les sœurs de province, pouvaient donc rester en ville tant qu'ils réussissaient à trouver du travail et à payer leur loyer.

Le problème était : où trouver du travail ?

Comme au début du siècle précédent, la plupart des nouveaux arrivants, bien que téméraires, étaient pauvres et très peu éduqués. Quelques filles parvenaient à obtenir des postes dans des restaurants ou des hôtels, mais toutes n'étaient pas aussi chanceuses. Leur seul bien était leur corps vigoureux et au bout d'un certain temps, il leur a paru naturel de se résoudre à exploiter ce capital. Dans le socialisme à la chinoise, la prostitution était toujours interdite, du moins dans les journaux officiels. De nouveaux services ont ainsi fait leur apparition, affublés de noms et de prétextes variés. Par exemple, le « lavage des pieds ».

L'appellation stricte et détaillée disait : « Service de massage et lavage de pieds ». Concrètement, le client devait s'étendre sur un fauteuil à dossier inclinable, tremper ses pieds dans une bassine d'eau chaude et se faire masser par une jeune fille assise face à lui sur un petit tabouret. D'après la médecine chinoise, masser certaines zones *qi* de la plante des pieds était bénéfique pour la santé. Le service perpétuait ainsi une tradition ancestrale et restait donc politiquement correct, même si en pratique, le massage ne se limitait pas nécessairement aux pieds.

À la Poussière Rouge aussi, les habitants ont assisté à l'ouverture d'un salon de massage : *Au paradis du pied.* Au croisement de la rue de Jinling et de la rue du Fujian, un ancien logement avait été reconverti pour offrir en façade une baie vitrée et une porte en verre.

La présence du salon a eu un impact sans précédent sur les habitués de la conversation du soir qui ne pouvaient s'empêcher de voir les employées. Le plus souvent, elles semblaient attendre le client, assises dans leurs tenues légères et sexy ; l'une grattait ses aisselles fraîchement rasées ; l'autre tenait son pied dans sa main sale ; une troisième, affalée sur un canapé, balançait ses jambes nues comme deux tiges de lotus... Une vision irrésistible pour les spectateurs du coin de la rue.

« On se croirait devant la vitrine d'une boutique de crèmes glacées », a soupiré lourdement Liu Quatz'yeux par un soir d'été étouffant avant de jeter un énième regard anxieux vers le salon. Les hommes sont tous d'incorrigibles gloutons.

« Un éventail de chair fraîche », s'est exclamé Pang Liangxing.

Originellement, la métaphore avait été utilisée pour décrire le palais de Shang dans *L'Histoire des Zhou orientaux*, au moment où un essaim de concubines impériales s'aligne pour former un éventail éblouissant de blancheur. Membre assez récent des conversations du soir, Pang adorait lire les classiques de la littérature chinoise, isoler les problèmes qu'il pouvait rencontrer dans les textes et les « décortiquer » au moyen d'interprétations fantastiques.

La vision de l'« éventail de chair fraîche » a certainement stimulé l'imaginaire des jeunes qui restaient assis dans un coin à rêvasser. Ils ne se seraient jamais aventurés au *Paradis*, mais leurs discussions les ramenaient invariablement vers le salon de massage.

Ces bavardages n'ont fait qu'alimenter la colère des anciens qui se sont mis à grogner qu'un tel commerce nuisait au *feng shui* de la cité.

« Sans parler du *feng shui*, a proclamé Vieille Racine avec conviction, cela détériore l'image de notre quartier.

– Mais le gouvernement municipal accorde des licences spéciales à ces filles », a répondu Liu Quatz'yeux, sarcastique. « Que voulez-vous qu'on y fasse ? »

Hao Ran, une nouvelle recrue dans l'auditoire, connaissait par hasard le « PDG » du salon, un ancien habitant de la cité surnommé Xue. Il a donc entrepris de nous fournir son analyse.

« C'est un diable rusé, ce Xue », a-t-il commencé d'un geste théâtral de la main, une cigarette entre les doigts, profitant pour une fois de son statut privilégié au sein de l'assemblée. « Cela ne lui a pratiquement rien coûté de transformer l'appartement en salon. Il a seulement ajouté quelques chaises et un fauteuil. Quelques bassines, peut-être aussi des housses en plastique à cinq centimes pièce pour rassurer les clients sur les conditions d'hygiène. C'est à peu près tout. Au départ, il venait de temps en temps s'occuper de ce qu'il appelait "le management", mais les filles ont vite appris ce qu'elles avaient à faire. Maintenant, il reste assis confortablement dans son nouvel appartement de Pudong ; il passe au maximum deux ou trois coups de fil par jour et il empoche plus de vingt mille yuans par mois sans lever le petit doigt. C'est pour ça qu'on ne le voit presque plus par ici.

– Mais je ne comprends pas, a répondu Pang. Je veux bien croire que les filles travaillent dur là-bas, mais la plupart des clients viennent en fin d'après-midi ou en début de soirée. Ce qui voudrait dire qu'elles reçoivent deux ou trois clients par jour, en moyenne. Il y a cinq ou six filles dans le salon et le lavage de pieds coûte quarante yuans de l'heure. À votre avis, elles empochent combien ? Il faut compter ensuite le prix de l'eau chaude, des serviettes neuves, de l'huile de massage, des housses en plastique, des radiateurs électriques et ainsi de suite, sans oublier bien sûr le salaire des filles. Dans un McDonald, les employés gagnent environ huit cents yuans par mois. Je ne peux pas imaginer qu'elles acceptent de laver les pieds puants des hommes pour moins que ça. Dans ce cas, comment expliquer que Xue gagne autant ?

– Un succès commercial renferme toujours ses petits secrets, Pang », a répondu Hao en faisant tomber la cendre de sa cigarette, un sourire hautain aux lèvres. « Bien sûr que Xue doit les payer, mais certainement pas autant que tu le dis, en tout cas pas en salaire. D'abord, les six filles passent la nuit entassées sur les fauteuils et les chaises du salon, avec une serviette en guise de couverture. Cela leur permet d'économiser un loyer, le budget le plus important dans cette ville. Et elles n'ont pas non plus à se préoccuper des frais de transport. De plus, Xue a nommé une des filles responsable des courses et de la cuisine, donc elles mangent gratuitement. Tout ça fait partie du contrat. Elles peuvent garder l'argent qu'elles gagnent au salon sans rien dépenser.

– C'est vrai, j'ai vu une des filles qui revenait du marché hier », a raconté Liu Quatz'yeux, les yeux plissés par la fumée. « Elle a traversé la cité, un grand panier à la main, et elle est entrée par la porte arrière du salon. Elle était grande et mince et ne portait qu'un corsage rouge et un short blanc.

– Je ne vois toujours pas comment Xue arrive à gagner autant, a continué Pang avec obstination. Vous avez lu les tarifs affichés sur la vitre ? Seulement quarante yuans de l'heure. Ça ne colle pas, même s'il garde presque tout l'argent pour lui. »

Il avait raison, nous devions bien le reconnaître. Vers le fond du salon, nous avions entraperçu une cloison derrière laquelle devait se trouver une sorte de salle privée. Aucun de nous ne savait ce qui s'y passait. De temps en temps, par la porte de verre, nous distinguions des clients qui entraient et sortaient, mais c'était tout. Le salon était peut-être comme dans le proverbe : *Tête de mouton, mais viande de chien.* Certes, le grand panneau de couleur en devanture montrait les zones réflexes du pied, mais quelles prestations étaient réellement fournies là-bas ?

Le salon, avec sa grande vitrine au rideau vaporeux et sa porte généralement à moitié ouverte, alimentait ainsi généreusement l'imaginaire des conversations du soir.

« Hao, ton scénario sordide, ce n'est rien qu'un tas de suppositions, a insisté Pang qui campait sur sa position tandis que les gloussements des filles venaient ponctuer la soirée de loin en loin. Ne va pas colporter des histoires pareilles dans toute la cité sans avoir la preuve de ce que tu avances. »

Deux ou trois jours plus tard, Hao est arrivé à la conversation du soir l'air mystérieux, comme s'il brûlait de partager une surprenante découverte.

« Le président Mao, a-t-il commencé d'une voix posée en sortant un paquet de cigarettes China, a dit : *Pour connaître le goût d'une poire, il faut la manger.* »

Nous avons tous ouvert de grands yeux. Personne ne citait plus Mao, même pas les journaux officiels. Hao aurait dû le savoir.

« Autrefois, cette marque était exclusivement réservée au président Mao. Vous ne le saviez pas ? De nos jours, on a le droit de fumer ces cigarettes, tant qu'on peut se les offrir.

– Allez, Hao. Les Panda, la marque fabriquée pour le président Deng, sont encore plus chères. Une cartouche vaut plus que ton salaire mensuel. Mais dis ce que tu as à dire et laisse Mao en dehors de tout ça.

– Eh bien, comme dit le président Mao, on n'a pas le droit de parler sans savoir. C'est pourquoi, hier je suis allé au *Paradis du pied*. Et devinez ce qui s'est passé ?

– Qu'est-ce qui s'est passé ?

– Je me suis fait laver les pieds par une fille, bien sûr. Je trouvais ça bizarre de rester assis pendant une heure sans rien dire, alors j'ai essayé de savoir son nom, mais elle ne cessait de répéter qu'elle était la numéro six. Peut-être que les clients ont l'habitude de les appeler par leur numéro. Mais j'ai entendu les autres filles l'appeler Hongmei, un nom qui signifie sûrement rose rouge, ou prune rouge, un nom assez banal pour une fille de province. Elle portait un *dudou* rouge lui aussi. Bref, j'ai décidé de l'appeler Rose Rouge. Avant que j'aie eu le temps de lui demander quoi que ce soit, elle a commencé à m'énumérer les différents services proposés, comme le massage circulatoire d'harmonisation du yin et du yang, le massage du dos à l'huile avec raffinements au choix : japonais, thaï, taïwanais et je ne sais quoi d'autre. Pour cent yuans, elle me donnerait le meilleur massage que j'aie jamais eu. D'après elle, sur les quarante yuans du lavage de pieds, elle ne gagnait que cinq yuans, alors que pour un massage du dos, elle touchait vingt-cinq yuans. J'avais les pieds posés sur ses genoux, mes orteils frôlaient ses seins à travers le tissu léger du corsage… Je me suis laissé attendrir. J'ai accepté. Le massage aurait lieu, bien sûr, dans la pièce privée près de la porte du fond.

– C'était comment là-bas ?

– Eh bien, à peine entré, elle m'a allongé sur un lit étroit et elle a tiré un rideau de plastique. Je n'ai pas eu le temps de regarder autour de moi. Il y avait peut-être un autre lit de massage, mais je n'en suis pas sûr. La pièce était tellement encombrée. Il y avait même un W.C. à broyeur pour les employées. Et je me rappelle avoir vu un autre rideau. Sûrement le coin cuisine.

– Comment les clients peuvent-ils fréquenter des endroits pareils ?

– Toi, c'est sûr que ça te dépasse, Pang, a rétorqué Hao d'un ton autoritaire avant de se racler la gorge. En général, il y a deux types de salons de massage : d'un côté, les établissements réputés qui soignent une clientèle issue de la classe moyenne et se concentrent principalement sur les prestations classiques, même si cela ne les empêche pas de proposer d'autres services, si vous voyez ce que je veux dire, et d'un autre côté, les salons comme celui de notre cité, beaucoup plus petits et crasseux, destinés aux clients modestes qui savent très bien ce qu'ils viennent chercher dans la pièce du fond.

– Reviens à ton massage, Hao. Arrête de palabrer comme un chanteur d'opéra de Suzhou.

– Ça n'avait rien d'extraordinaire. Elle s'est contentée de me frotter le dos avec une sorte d'huile pour bébé, je ne sais plus comment ils appellent ça. On enlève son T-shirt, sa ceinture et on s'allonge sur le ventre, jusque-là rien d'étonnant. Sauf que ça n'est pas si confortable d'être allongé comme ça, la tête enfoncée dans le trou du lit de massage. Bref, j'ai commencé à lui poser des questions sur le salon.

– Et qu'est-ce que tu as appris ?

– C'est elle qui s'occupe des courses et de la cuisine. Et elle a le droit de dormir au fond sur le lit de massage. Vous me direz, c'est mieux que les fauteuils. Au moins, elle a un peu d'intimité. Les autres dorment dans la boutique, avec le jour qui passe à travers le rideau mal tiré et les bruits de la circulation dès le matin. Elles se lèvent toutes très tard.

– Oui, on la voit souvent entrer et sortir par la porte de derrière avec son panier de bambou, a repris Liu

Quatz'yeux. Elle va faire ses courses au marché, j'imagine. Mais j'ai une autre question pour toi. Xue revient ici de temps en temps. La semaine dernière encore, je l'ai vu au petit matin qui sortait discrètement par la porte de derrière. Où a-t-il dormi ?

– Ne l'interromps pas », s'est agacé le cousin de Liu, un homme qui venait souvent en visite dans la cité et dont la réprimande a été reprise à l'unisson par l'auditoire. « Hao en arrive à l'apogée de son histoire !

– Désolé, pas d'apogée, les gars. Je l'ai seulement entendue parler d'un autre rendez-vous tard ce soir-là. Et puis quand elle a commencé à vouloir me masser tout le corps, notamment les parties intimes, j'ai paniqué.

– *Waou !* C'est croustillant !

– "Même tarif, m'a-t-elle chuchoté à l'oreille, juste un pourboire de cent yuans si tu apprécies mes services." Elle était déjà en train de glisser la main dans mon caleçon. Je l'ai arrêtée dare-dare. Ce n'est pas que je n'en avais pas les moyens, mais je n'étais pas venu au *Paradis du pied* pour ça.

– C'est bon, Hao. Tu n'as pas besoin de te justifier.

– Je sais, mais même si j'en avais envie, je ne choisirais pas un endroit aussi proche. Vous connaissez le vieux proverbe : *Le lièvre ne broute pas trop près de son terrier.* »

Cet argument était plausible vu le nombre impressionnant de salons de massage qui avaient fleuri un peu partout dans la ville. Sans sa prise de bec avec Pang, Hao ne se serait sûrement jamais aventuré au *Paradis du pied.*

« Vous croyez vraiment que ces filles gagnent leur vie en lavant des pieds ? a conclu Hao avec une question rhétorique.

– Mais si elles fournissent ce genre de prestations dans la pièce du fond en toute impunité, que fait la police ?

– Les relations sont indispensables de nos jours. Il faut connaître des gens au Bureau des licences, mais surtout chez les flics. Le cousin de Xue travaille au commissariat du district de Jing'an. Tu piges ?

– Mais la cité de la Poussière Rouge appartient au district de Huangpu. Tu crois qu'un flic du district de Jing'an a le bras aussi long ? Vous avez dû lire les articles et les reportages sur les descentes de flics dans les bordels clandestins. Je ne suis pas en train de dire que les flics se sont montrés très efficaces, mais tout le monde sait qu'ils empochent un pourcentage de l'amende.

– Avant oui. Selon l'ancienne réglementation, quarante pour cent de l'amende leur revenait, ce qui n'était pas pour leur déplaire. Mais le règlement a changé. Maintenant, le gouvernement encaisse la totalité. Les flics doivent trouver d'autres moyens de gagner de l'argent, d'où ce qu'on appelle "les frais de protection". Ils continuent les descentes pour la forme, mais ils s'arrangent pour prévenir les propriétaires en échange d'une généreuse donation. Tu parles d'une protection ! »

C'était probablement vrai. Nous avions entendu parler de ces pratiques. Des accords entre les réseaux noirs et blancs. Pendant plusieurs minutes, tout le monde est resté silencieux.

« Tu t'es défilé trop tôt, Hao, a repris Pang avec aplomb. Tu n'as pas vraiment vu ce qui se passait.

– *Si tu poses deux feuilles mortes sur tes yeux, tu ne verras pas les montagnes qui se dressent devant toi*, a répondu Hao sans réprimer le sarcasme qui pointait dans sa voix. Bon, je vais boire un coup avec un vieux copain », a-t-il ajouté en se levant.

Nous en avons déduit que son histoire était finie.

Mais quelques jours plus tard, Hao est apparu au bout de l'allée d'un air à nouveau mystérieux, comme s'il brûlait encore de nous apprendre une nouvelle incroyable.

« Cette nuit-là, quand j'ai quitté la conversation du soir, je suis allé boire quelques verres d'excellent vin de riz de Shaoxing avec un vieux copain dans un restaurant de la rue du Yunnan, là où on peut manger une livre de poulet "trois jaunes" et des nouilles "sur l'autre rive", vous savez », a commencé Hao en tournant volontairement autour du pot, comme les chanteurs d'opéra de Suzhou. « Je suis rentré tard, vers deux ou trois heures du matin. Par hasard, j'ai ralenti le pas près de la porte arrière du salon. Je n'étais pas particulièrement en quête d'une aventure nocturne, mais j'ai entendu un bruit étrange qui venait de l'intérieur. *Pa-pa-pa*... Ça a duré au moins cinq minutes. Ça m'a rappelé quand ma mère me donnait la fessée avec ses chaussons en plastique il y a des années, quand j'étais encore un petit garçon.

– Ton imagination va trop loin, a répliqué Liu Quatz'yeux. Il n'y a pas d'enfant dans le salon.

– Non, ce n'est pas ce que je voulais dire.

– Et que veux-tu dire, jeune homme ?

– Quelqu'un était en train de battre Rose Rouge, celle qui m'a lavé les pieds l'autre jour, celle qui dort près de la porte de derrière. »

La révélation a été suivie d'un bref silence.

« Un truc de SM, vous comprenez, a continué Hao. J'étais fébrile comme un lion en cage, alors je suis sorti de chez moi la nuit suivante. Peut-être un peu plus tôt que la veille. Et vous savez quoi ? J'ai entendu le même bruit.

– Sans blague ! Toutes les nuits ?

– Fais marcher ton imagination, Liu Quatz'yeux !

– Mais tu n'as rien vu ? a demandé Pang avec obstination.

– Eh bien, on peut dire que seuls les cafards ont pu voir ce qui se passait réellement là-bas, a lancé Hao piqué au vif en se levant pour partir. Croyez-le ou non, quand j'étais dans la pièce du fond, j'en ai vu un énorme qui se faufilait sous la table de massage. »

Vers deux heures, nous avons commencé à frissonner en sentant que tu te retournais dans tous les sens sur la table de massage. Hébétée, incapable d'émettre une pensée cohérente, fourbue, les jambes molles, tu ouvres des yeux hagards dans le noir. Quelle journée, et quelle nuit ! En dehors des quatre massages de pieds donnés dans la boutique, tu as reçu trois clients pour des massages spéciaux dans la pièce du fond, dont un dernier particulièrement difficile. Cet ami du patron, bien placé dans les réseaux à la fois blancs et noirs, t'a labourée sans s'arrêter pendant des heures, par-devant et par-derrière. Ensuite, il est resté étalé sur la table, apparemment déterminé à passer la nuit là au lieu de tirer un coup rapide comme tu l'espérais. Couverte de sueur, tu as l'impression que d'innombrables insectes rampent sur ton corps nu.

« Sales cafards ! » cries-tu entre tes dents serrées, avant de te lever d'un bond pour nous massacrer.

Terrifiés, nous nous recroquevillons dans la nuit.

Le dos courbé, tu avances à tâtons jusque dans la kitchenette où tu saisis tes chaussons en plastique. Évidemment, tu nous surprends en train de courir aux abris dans le rayon de lune qui perce par la fenêtre de derrière. Tu commences la traque au-dessus de la montagne de bols et de casseroles dans l'évier ; tu nous poursuis sur les étagères entre les bouteilles et les fioles de sauce au soja, sauce d'huître et tofu fermenté jusqu'à nous déloger du sac de riz. Tu t'agenouilles devant l'évier, comme en prière, et tu te lances dans une recherche minutieuse sur le sol jonché de nos cadavres ; tes cuisses et tes jambes resplendissent sous ton peignoir de nylon ouvert et dégagent encore une odeur de sexe.

Serrés dans tes mains, les chaussons écarlates fondent sur nous, se relèvent et se croisent comme des baguettes pour mieux s'abattre avec furie tandis que tu bondis pour nous écraser sous tes orteils ronds et doux. Découpée contre le mur nu, ta crinière noire convoque dans la nuit sombre le souvenir délirant des réfugiés fuyant les coulées de boue dévastatrices qui dévoraient leurs villages à l'ombre du barrage des Trois-Gorges, dans un paysage fait de collines dépouillées d'arbres et de feuillages, de vallées aussi rases que tes aisselles et de sentiers noyés comme des insectes au fil des jours…

Ô Ciel !

Sous la lumière, nous voyons l'homme qui vient te prendre par-derrière, par terre, comme une bête, comme un des nôtres.

Le repas du souvenir amer et du présent délectable

(2006)

Ceci est le dernier Bulletin d'information de la Poussière Rouge pour l'année 2006. Le président chinois Hu Jintao a inauguré le « concept socialiste de l'honneur et de la honte » qui doit venir renforcer certaines valeurs : patriotisme, travailler dur pour vivre simple, foi dans la science, volonté de servir le peuple, solidarité, honnêteté, crédibilité et enfin, respect de la loi. En mars, la quatrième session de la Dixième Assemblée nationale populaire a approuvé l'ébauche du onzième plan quinquennal de l'économie et du développement social. En avril, le président Hu Jintao a émis quatre suggestions visant à encourager l'évolution pacifique des relations inter-détroit avec Taïwan. Dans la région des Trois-Gorges, la Chine a achevé la construction du plus grand barrage du monde. Le premier juillet, la voie de chemin de fer la plus haute du monde, sur la ligne Qinghai-Tibet, a été mise en service. Elle relie Xining à Lhassa, s'étend sur 1956 kilomètres et culmine à 5 072 mètres au-dessus du niveau de la mer. En septembre, le secrétaire du comité municipal du PCC de Shanghai, Chen Liangyu, accusé de corruption, a été exclu du Parti. Lors du sixième plénum du

Seizième Comité central, le PCC a publié un communiqué sur la notion de société harmonieuse. Des chefs d'État africains se sont retrouvés à Pékin pour assister au sommet Chine-Afrique. Au cours du forum, la Chine a signé plus de deux milliards de dollars de contrats et s'est engagée à débloquer des milliards de dollars de prêts et de crédits.

*

Comme d'autres anciens de la Poussière Rouge, Yang Tête Dure, « ouvrier modèle » dans les années soixante – époque à laquelle il prononçait souvent de grands discours sur les souffrances de la classe ouvrière dans l'ancienne société d'avant 1949 –, avait de plus en plus de mal à se faire aux changements du nouveau millénaire.

Il ne se sentait pas du tout gâteux et se contentait de secouer la tête, en dépit du surnom qu'il avait acquis dans la cité. Selon lui, ces temps-ci, tout était sens dessus dessous. Il ne voyait pas de raison de s'inquiéter de tous ces changements, ni de chercher à les comprendre. Il faisait simplement partie de la foule ordinaire des gens du passé, et pour lui le soleil déclinait déjà vers l'Ouest.

Mais il ne pouvait s'empêcher de se faire du souci pour Petit Yang, son petit-fils, né au début des années quatre-vingt et dont les parents avaient été envoyés dans la province du Guizhou en tant que jeunes instruits. Alors que la plupart des jeunes de leur génération étaient rentrés à Shanghai, ils avaient préféré rester là-bas et avaient confié au vieil habitant de la Poussière Rouge l'éducation de leur fils unique. La responsabilité devenait de plus en plus lourde pour le vieil homme.

Il devait pourtant reconnaître que Petit Yang se montrait intelligent, débrouillard et même assez audacieux. Dès le lycée, il avait commencé à commenter occasionnellement des matchs de foot pour la radio et la télévision. Le vieil homme n'arrivait pas à comprendre quel genre de travail rapportait au jeune homme plus que la totalité de sa retraite, particulièrement pendant la saison du foot. Mais l'argent filait comme de l'eau entre les doigts de Petit Yang. Et puis l'équipe de football chinoise avait essuyé plusieurs défaites désastreuses. À tel point que les fans avaient détalé comme des poules sous l'averse. De temps en temps, Petit Yang participait encore à des émissions, mais le flot d'argent s'était tari. Au lieu d'essayer de trouver un vrai travail ou d'aller à l'université, l'enfant gâté restait à la maison, rejoignant les rangs de la nouvelle classe des jeunes « entretenus par les vieux ». Dans son cas, son grand-père. Avec un groupe de fêtards, il écumait les restaurants de la ville, ce qui lui avait valu le surnom de Yang Palais Gourmet. Il avait même réussi à publier dans un journal local quelques courts articles sur ses aventures épicuriennes, panégyriques enflammés de mets encore inconnus. Parfois, il rapportait les restes exotiques et luxueux de ses festins à la maison.

Le vieil homme était malade d'inquiétude. Après de multiples discussions inutiles, il eut une idée. Il allait préparer à son petit-fils un repas spécial : le « repas du souvenir amer et du présent délectable ». Avec un peu de chance, la méthode serait aussi efficace que dans les années soixante, à l'époque du mouvement d'éducation socialiste, quand il se servait de ce repas pour illustrer son discours et montrer combien l'existence était rude dans l'ancienne société. L'expérience devait aider les jeunes auditeurs à prendre conscience du bonheur qu'ils avaient de vivre dans la société socialiste dirigée par le président Mao. Alors qu'ils mastiquaient le pain dur aux herbes sauvages tout en écoutant ses harangues, certains allaient jusqu'à s'effondrer en pleurs, se souvenait-il, et nombre d'entre eux étaient devenus des militants révolutionnaires.

Il a commencé à fouiller chez lui pour réunir le matériel nécessaire à la confection de son repas.

« Qu'est-ce que tu fabriques, grand-père ?

– Je prépare à manger », a-t-il répondu d'un air vague.

L'entreprise s'est révélée plus compliquée qu'il ne l'aurait cru. Il n'avait pas oublié la recette, mais aucun des magasins du quartier ne vendait les ingrédients dont il avait besoin.

Tôt le lendemain matin, il est donc parti vers le district de Pudong. Pour un homme de plus de soixante-dix ans, le voyage était fastidieux. Depuis que le vieux ferry de Lujiazhui avait disparu, les lignes de bus et de métro se développaient comme une toile d'araignée et il a eu du mal à déterminer quel moyen de transport il devait emprunter. Finalement, il est monté à bord d'un bus qui s'est trouvé coincé dans un tunnel sous la rivière.

Dégoulinant de sueur, Yang a soudain eu l'impression vertigineuse qu'il était transporté dans un autre monde et qu'on allait l'oublier là. Ses souvenirs lui paraissaient fondre dans le crépuscule…

La première fois qu'il avait goûté un de ces fameux repas c'était dans les années quarante. Il était encore enfant et vivait, plus affamé qu'un loup, dans un village du Anhui. Ce soir-là, sa mère avait posé sur la table quelque chose qui ressemblait à une sorte de petit pain verdâtre, pareil aux boules de riz gluant que l'on offrait en sacrifice pour la fête de Qing Ming. Il s'était jeté sur le pain sans réfléchir. À sa grande consternation, le goût n'était pas celui qu'il avait imaginé. Il avait failli s'étrangler en avalant une poignée d'herbes. Sa mère avait éclaté en sanglots et poussé vers lui un bol de soupe transparente, presque aussi claire que de l'eau…

La deuxième fois, c'était au cours des trois années de catastrophes naturelles, au début des années soixante, alors qu'il travaillait dans une aciérie de Shanghai. D'après les journaux du Parti, à cause des calamités naturelles et du sabotage exercé par les impérialistes américains et les révisionnistes russes, la situation était devenue impossible à maîtriser dans les campagnes, mais en ville, grâce à la mise en place très stricte du système des coupons alimentaires, les habitants parvenaient à subsister tant bien que mal. Pendant une pause à l'atelier, alors qu'il buvait à petites gorgées son bol de soupe, Yang avait parlé du petit pain aux herbes qu'il avait avalé dans son enfance.

« Songez aux souffrances qu'enduraient les gens avant la Libération de 1949. Je me suis littéralement étouffé en avalant une touffe d'herbes sèches. Franchement, aujourd'hui, on n'a vraiment pas de quoi se plaindre. »

Le secrétaire du Parti de l'aciérie avait surpris cette remarque et était entré dans une longue conversation avec Yang.

Au sein de l'usine, une soirée de discussion politique avait été organisée pour parler des privations de l'ancienne société, afin que, malgré les difficultés temporaires, le public puisse apprécier la qualité de vie du régime communiste. Pour illustrer son propos, Yang avait réussi à reproduire le petit pain que sa mère lui avait préparé dans la campagne du Anhui.

Comme prévu, au milieu de son discours, il avait croqué dans son petit pain. À son grand étonnement, dès la première bouchée tous ses souvenirs avaient refait surface. Submergé par l'émotion, anéanti, son visage buriné s'était couvert de larmes. Les spectateurs avaient été très émus.

Ce procédé pouvait devenir une méthode originale d'éducation socialiste, avait pensé le secrétaire du Parti. Il avait modifié le déroulement du débat suivant. Au lieu de montrer Yang seul sur scène avec son petit pain aux herbes, les spectateurs saisiraient un pain et l'enfourneraient dans leur bouche au point culminant du discours, afin d'éprouver ensemble la « révélation ». Bientôt, la formule avait été chaudement recommandée par tous les journaux.

La conférence de Yang avait alors été programmée officiellement dans tout le district, puis, de fil en aiguille, par la municipalité devant des foules de plus en plus nombreuses, avec toujours pour accessoire principal le petit pain aux herbes sauvages. L'événement avait été baptisé le « repas du souvenir amer et du présent délectable ». Le *Quotidien du peuple* avait vanté la créativité du peuple révolutionnaire.

Des conférences similaires avaient été instaurées dans tout le pays et des conférenciers comme Yang avaient surgi un peu partout. Certains, encore plus virulents que lui, distribuaient des touffes d'herbes informes largement plus difficiles à avaler que son petit pain.

Pendant ce temps-là, on racontait que les habitants du Anhui mouraient de faim par milliers, sans une miette de pain aux mauvaises herbes à grignoter. Mais Yang était trop débordé pour retourner là-bas. Et il avait choisi de croire les journaux du Parti, tout comme les jeunes choisissaient de croire son histoire.

Il avait donc continué à donner sa conférence, illustrée par le fameux « repas du souvenir amer et du présent délectable », jusqu'à l'éclatement de la Révolution culturelle où les gens s'étaient trouvés trop occupés pour avoir le temps de songer au passé.

Et une fois la Révolution achevée, personne n'était venu lui demander de reprendre ses conférences.

« Ouvrier modèle » jusqu'à ce jour, un titre à l'éclat politique depuis longtemps terni, Yang avait pris sa retraite dans les années quatre-vingt.

De retour dans la cité, face au mode de vie de plus en plus matérialiste des habitants de la Poussière Rouge, il ne pouvait s'empêcher d'encourager les gens à se rappeler l'amertume du passé. Cette habitude lui avait valu de la part des jeunes le surnom railleur de Yang Tête Dure.

La moquerie l'avait fait taire. Il s'était rendu compte que personne ne voulait plus l'écouter. Dans ce monde à l'envers, des tas de choses lui échappaient. Lors de ses conférences, il accusait les capitalistes et les propriétaires terriens d'être la cause de toutes les souffrances de la classe ouvrière, mais depuis que le système de classe avait disparu, les capitalistes étaient cités en exemple dans les journaux pour leur esprit d'initiative, tandis que le terme de « propriétaire terrien » n'avait plus lieu d'être puisque le gouvernement ne cessait de vendre les terres au peuple à des prix de plus en plus exorbitants. Il n'y avait rien à faire, soupirait-il, sauf se consoler en se rappelant le vieux proverbe : *Le héros parle toujours de ses exploits au passé...*

Quand le bus est enfin sorti du tunnel pour entrer dans le district de Pudong, le nouveau quartier à l'est de la rivière, le vieil homme a rassemblé toute sa volonté pour se concentrer à nouveau sur sa mission du jour. Après tout, on pouvait encore tirer des leçons du passé, c'était le principe du repas, mais il lui fallait d'abord trouver les ingrédients nécessaires.

Sauf que Pudong n'avait plus le même visage. Dans les années soixante, quand il y était allé, il s'était retrouvé au milieu des champs et il avait aisément pu cueillir des herbes sauvages et des plantes. On disait que Pudong était en train de devenir le Wall Street de l'Asie. Au milieu des gratte-ciel tout neufs qui bouchaient le ciel, il se sentait aussi perdu qu'un lapin sans terrier. Et il n'y avait pas un champ à l'horizon. Enfin, il a aperçu l'enseigne du nouveau métro, un moyen de transport trop cher pour lui en temps normal, mais ce matin-là, il s'est décidé à acheter un ticket jusqu'au terminus, d'où il a pris encore un bus vers le district de Nanhui. Là, il a pu cueillir toutes les herbes sauvages qu'il voulait ainsi qu'un gros bouquet de bourses-à-pasteur.

De retour chez lui, il a passé la majeure partie de l'après-midi à confectionner le repas, inquiet de la réaction de son petit-fils qui risquait de refuser d'y toucher. En plus du petit pain aux herbes, le vieux cuisinier a concocté une soupe de bourses-à-pasteur relevée d'une généreuse cuillerée de saindoux.

Les actes sont plus éloquents que les paroles. Au lieu de rabâcher ses vieux griefs, il a posé le repas sur la table sans plus de cérémonie.

« Quelle bonne surprise ! » s'est exclamé le jeune gourmet en enfournant un pain vert entier dans sa bouche.

Il mastiquait sans interruption tout en avalant des cuillerées de soupe. Après avoir dévoré trois pains sans un hoquet, un sourire béat est venu illuminer son visage.

« C'est frais, original, biologique et certainement riche en fibres. »

Le chef aux cheveux blancs comprenait que le plat pût paraître frais, voire original aux yeux du jeune gourmet délicat, mais « biologique et riche en fibres » étaient des notions qui dépassaient son entendement. À son tour, il a bu une cuillère de soupe et ne l'a pas trouvée si détestable ; au contraire, elle avait une saveur ancienne qui lui ravissait le palais. Et le petit pain rudimentaire s'avalait lui aussi sans difficulté.

« Tu es vraiment incroyable, grand-père. »

Alors qu'il se léchait les babines, le petit-fils a soudain eu une illumination.

« Tu sais quoi ? Je viens d'avoir une idée pour un nouveau business. Notre appartement est au rez-de-chaussée, on pourrait facilement en faire un restaurant.

– Comment veux-tu qu'une pièce aussi petite et miteuse puisse ressembler, même de loin, à un restaurant ?

– Justement, elle n'a pas besoin de ressembler à un restaurant. Ça n'a même aucune importance. C'est toute l'originalité du concept.

– Je ne comprends rien à ce que tu racontes. Tu as pensé à notre emplacement ? Nous sommes en plein milieu de la cité. Ni près de l'entrée, ni près de la sortie.

– Ne t'en fais pas. Tu sais ce que dit le vieux proverbe : *Si le vin est bon, les clients viendront le chercher jusqu'au fond de l'allée.* »

Aussitôt dit, aussitôt fait. Ils ont poussé les lits et les quelques meubles au fond de la pièce derrière une cloison de carton. Dormir dans un espace de deux ou trois mètres carrés ne dérangeait nullement le vieil homme. Il était plus que prêt à faire ce sacrifice pour son petit-fils, transformé en jeune chef d'entreprise énergique, occupé à fixer l'enseigne sur la porte, à ajouter dans la pièce principale une table ici, un meuble d'angle là, quelques bancs, un cuit-vapeur et plusieurs thermos en bambou. Près de la porte, sur le mur qui s'effritait, il a accroché un tableau en ardoise d'aspect encore plus vieux que celui des bulletins d'information de la cité pour y noter les spécialités à la craie blanche et rose.

« Notre établissement doit être différent des restaurants traditionnels, a expliqué le jeune patron. Les gens viennent ici retrouver les saveurs d'antan. Maintenant qu'ils sont riches, ils ont de quoi s'offrir le luxe de la nostalgie. L'atmosphère de chez nous est parfaite. Pour ce genre de repas, des bancs rustiques et des tables branlantes dans une pièce délabrée constituent le décor idéal. »

Yang Palais Gourmet s'est montré vif et astucieux. En un rien de temps, il a appris la recette familiale et mis au point quelques plats de son invention. En plus de la spécialité du vieux chef – le petit pain aux herbes sauvages – l'établissement proposait de la bouillie de maïs, de la soupe au trèfle, du tofu aux feuilles de cèdre et toute une série de mets avant-gardistes célébrant une alimentation naturelle comme les champignons noirs à l'huile de sésame ou la marmite de grenouille au poivre rouge… autant de plats qui n'avaient rien à voir avec le « repas du souvenir amer et du présent délectable » pourtant si frais dans la mémoire du vieux Yang.

Mais il fallait écouter le jeune patron. Encore une fois, il a été étonné de voir que le restaurant attirait une foule de clients, et même un groupe de journalistes et d'Occidentaux. La carte affichait des prix exorbitants. Pourtant, les gens payaient volontiers et semblaient apprécier la nourriture et le service.

Le grand-père ne pouvait s'empêcher d'admirer le sens aigu des affaires de son petit-fils. Mais la présence du vieil homme était indispensable à la réussite commerciale du restaurant.

Il a donc été promu vice-président du marketing et des relations publiques.

« On doit attirer encore plus de clients », a expliqué le jeune patron à son employé décontenancé.

Ce nouveau poste a ramené Yang des années en arrière. Il est redevenu l'orateur du « repas du souvenir amer et du présent délectable ». Il a endossé le même rôle que par le passé, dans un but bien différent consistant à offrir un divertissement original. Les clients d'aujourd'hui avaient peut-être entendu parler des conférences à thèmes d'antan, mais ils étaient trop jeunes pour avoir pu assister au spectacle. Heureusement, Yang Tête Dure n'avait besoin d'aucun entraînement. Tous les détails semblaient gravés dans sa mémoire de pierre. Et il avait même gardé son vieux costume de scène usé dans un coffre sous son lit.

Le propriétaire du restaurant, relativement clément, ne lui demandait de jouer que les week-ends ou sur demande spéciale de certains clients.

De toute façon, le vieil homme savourait sa deuxième heure de gloire et sa célébrité retrouvée. Mais contrairement à la première fois, grâce aux médias modernes, son nom a vite parcouru des distances. Les journalistes ont déboulé dans la cité pour dévorer le petit pain aux herbes, caméra sur l'épaule. Certains lui ont même offert un salaire d'acteur en échange de quelques modifications dans sa performance. Il pouvait garder son discours sur la famine, mais insister surtout sur les saveurs merveilleuses d'une alimentation saine et naturelle.

Il ne s'attendait pas du tout à un tel revirement. Lui qui avait réellement souffert de la faim dans la vieille société, réduit à se bourrer d'herbes et de plantes, il rechignait à se donner en spectacle pour de l'argent. Sous les projecteurs, il transpirait à grosses gouttes.

Il devait songer à l'avenir du jeune homme, se répétait-il sans cesse. Un petit restaurant valait mieux que rien. Telles que les affaires étaient parties, elles pourraient même se développer. On ne savait jamais quel tour prendraient les choses au monde de la Poussière Rouge.

Il a donc continué à prononcer son discours sur le « repas du souvenir amer et du présent délectable », comme avant, mais pas tout à fait. Il a dû jeter sa sincérité à la poubelle comme une serviette usée. Et puis, le petit pain aux herbes sauvages est devenu trop dur pour le vieillard qui, un samedi après-midi, s'est cassé une dent en mordant dedans.

« L'image aura un effet formidable à l'écran ! » a lancé le caméraman au jeune chef d'entreprise qui s'est contenté de hocher la tête, occupé qu'il était à prendre les commandes.

Concubine *ernai*

(2007)

Ceci est le dernier Bulletin d'information de la Poussière Rouge pour l'année 2007. Le président Hu Jintao s'est rendu dans huit pays africains pour relancer les échanges et les accords financiers entre les deux continents. L'Assemblée nationale populaire a adopté une loi historique sur la protection de la propriété aussi bien privée que collective. Une vague de pollution grave a entraîné l'apparition d'algues dévastatrices sur le lac Tai, à la suite de quoi plus d'un million d'habitants de la ville de Wuxi ont été privés d'eau. En juin, la Chine a lancé un programme national sur le changement climatique et s'est engagée à restructurer son économie, promouvoir des technologies propres et améliorer son rendement énergétique. Le responsable de l'administration chinoise des produits alimentaires et pharmaceutiques a été condamné à mort pour corruption. Le Conseil d'État a approuvé une circulaire visant à introduire un système d'allocation minimum de subsistance dans toutes les zones rurales du pays. En octobre, à l'occasion de son Dix-septième Congrès national, le PCC a posé les bases de l'évolution du pays et intégré le concept de « développement scientifique » à la Constitution. La Chine a mis en orbite sa première sonde lunaire, Chang'e-1, qui a transmis une carte de la surface sélénite. Cette année, la production céréalière de la Chine a dépassé les cinq cent millions de tonnes.

*

Dans cette ère nouvelle, des tas de choses ont pris des contours flous, comme dans les vers du début du *Rêve dans le pavillon rouge*: *Quand on tient le faux pour le vrai, le vrai à son tour est faux; / Si du néant on fait l'être, l'être à son tour est néant*[1].

La distinction entre l'amateur et le professionnel, par exemple, tend à disparaître.

Huang Jixin, un habitant de la Poussière Rouge, se décrivait volontiers comme un détective privé amateur. Féru de romans policiers, il prodiguait des conseils en matière d'enquête à tout le voisinage, pour rien, juste pour le plaisir. De son père, il avait hérité une chambre dans la cité et une passion pour les histoires policières. Grâce à son salaire confortable d'ingénieur informatique et son logement à la cité de la Poussière Rouge où il vivait seul depuis que ses parents s'étaient installés dans un appartement neuf du district de Hongkou, il n'avait pas besoin d'exiger un salaire en échange de ses services. Il avait par ailleurs utilisé ses compétences en informatique pour créer un site Internet qui vantait ses prouesses réelles ou imaginaires de détective avec toutes sortes de détails et d'anecdotes à l'appui.

Mais si quelqu'un offrait une rémunération coquette pour son « expertise », il avait du mal à dire non.

1. *Le Rêve dans le pavillon rouge* de Cao Xueqin, trad. Li Tche-houa et Jacqueline Alézaïs, « Bibliothèque de la Pléiade », Gallimard.

Shizheng, un détective privé professionnel, est allé le trouver pour le compte d'un client anonyme et lui a proposé une mission facile et lucrative : réunir des informations sur une jeune fille qui travaillait au marché près de l'entrée arrière de la cité.

« Plus tu auras de détails, mieux ce sera pour le monsieur Gros-Sous, a averti Shizheng. Si je n'avais pas été pris par un autre travail, je m'en serais chargé moi-même. Pour toi, c'est un jeu d'enfant.

– Eh bien, il s'agit sûrement d'une sœur de province venue d'un coin obscur de nos campagnes, tu sais, a répondu Huang. Sans permis de résidence, elle doit se contenter du premier travail venu. Ce ne sera pas si évident pour moi d'obtenir des informations.

– Non, elle vient plutôt de ton quartier. Mon client l'a entendue parler. Elle a clairement l'accent de Shanghai.

– Vraiment ? »

Cette révélation était surprenante, mais si c'était vrai, la tâche serait plus facile.

Le lendemain, Huang s'est rendu au marché. Un sac en plastique à la main, il parcourait les étals comme un bon époux shanghaïen, ce qu'il n'était pas du tout – du moins pas encore.

Ces derniers temps, le marché aussi avait changé. Les stands les plus pouilleux avaient été démontés pour améliorer l'image de la ville. Mais ici et là, des traces du passé subsistaient. Un vendeur accroupi au coin d'une rue devant des bouquets d'oignons verts et de gingembre étalés par terre sur une serviette blanche l'a salué d'un hochement de tête. La scène était exactement telle qu'il l'avait vécue dans son enfance, sauf qu'à l'époque, le bouquet d'oignons verts ne coûtait qu'un fen contre cinquante aujourd'hui et le vendeur ne paraissait pas si voûté.

D'après les maigres informations que lui avait fournies Shizheng, la fille en question travaillait près de la rue de Shandong dans un atelier de préparation de canard. Dans les souvenirs de Huang, il y avait là un entrepôt qui avait accueilli des batteries de poulets avant de fermer peu de temps auparavant suite à l'épidémie de grippe aviaire. Quelques marchands de volailles se regroupaient encore à cet endroit.

À l'extérieur du magasin, il a aperçu plusieurs personnes qui travaillaient autour d'un immense chaudron plein de goudron qui cuisait sur un poêle à charbon, diverses bassines d'eau froide étalées par terre et un ou deux longs tuyaux d'arrosage noirs qui s'étiraient jusqu'à l'intérieur du hangar. Le groupe se composait principalement de femmes de cinquante à soixante ans et d'une seule jeune fille élancée qui devait être la personne qu'il cherchait. Debout près du chaudron, elle trempait un canard dans le goudron bouillonnant, le retirait immédiatement enduit d'une croûte à peine formée et jetait l'animal enduit de noir dans l'eau froide où il émettait un grésillement sifflant. Pendant ce temps, trois autres femmes penchées sur leur bassine arrachaient la croûte de goudron chargée des plumes et du duvet de l'oiseau. Une autre, assise sur un tabouret, parachevait le travail à la pince. Toutes les deux ou trois minutes, un canard nu apparaissait, aussi propre qu'un nouveau-né. La méthode était rudimentaire, mais efficace, grâce à la chaîne de production au débit maintenu par les jets d'eau froide qui coulaient continuellement dans les bassines avant de dégouliner sur le sol.

Les femmes passaient leur journée dans des mares d'eau, couvertes des résidus informes provenant des canards. Une des ouvrières portait des caoutchoucs à l'ancienne, mais toutes les autres travaillaient pieds nus. La besogne paraissait rude, surtout pour la jeune fille. Si elle ne trempait pas le canard assez profondément dans le chaudron, les plumes ne s'arrachaient pas bien, mais si elle l'enfonçait trop, le goudron risquait de lui brûler les mains et les bras.

Plusieurs témoins observaient la scène en s'interrogeant. Les gens passaient généralement des heures à plumer leurs canards chez eux à l'aide d'une minuscule pince à épiler et le procédé les intéressait. Mais Huang a vite compris que ce n'était pas la seule chose qui attirait leur attention.

À cause de la chaleur dégagée par le grand poêle, la fille ne portait qu'un tablier de caoutchouc et un short. Ses épaules, son dos et ses jambes nus resplendissaient dans le décor sordide et ses pieds nus dansaient tels deux lotus sortis d'une mare de boue noire.

Huang s'est avancé doucement pour tenter d'apercevoir son visage car elle tournait le dos à la rue. Il s'est accroupi en faisant mine de s'intéresser à un canard plumé posé par terre.

Il est resté stupéfait quand il a vu que l'ouvrière n'était autre que Ruling, une voisine de la cité. Sa mère à lui avait un jour travaillé sous la direction de sa mère à elle, Meijuan, la directrice de l'unité de production de la Poussière Rouge. Quand il était enfant, il l'appelait respectueusement « ma tante ». Mais il ne connaissait pas bien Ruling, plus jeune que lui de plusieurs années.

Ruling s'activait toujours au-dessus du chaudron, la tête baissée, les pieds enfoncés dans la mare d'eau crasseuse. Peut-être avait-elle honte d'être vue en train d'accomplir cette tâche dégradante à proximité de la cité.

Comment s'était-elle retrouvée là ?

Une autre question taraudait Huang : pourquoi le client mystérieux s'intéressait-il tant à elle ? Elle n'était pas d'une beauté renversante, même si elle bénéficiait d'une silhouette harmonieuse et de l'éclat de la jeunesse. Mais il n'arrivait pas à comprendre comment un Gros-Sous avait pu tomber amoureux d'une fille si ordinaire.

La réponse à la première question était à sa portée, mais elle ne suffirait sûrement pas à satisfaire le client.

Comme beaucoup de jeunes de son âge, elle avait échoué à l'examen d'entrée à l'université, mais contrairement à eux, elle n'avait pas réussi non plus à trouver du travail. Les sœurs de province affluaient dans la ville et se battaient pour obtenir des emplois peu qualifiés avec l'avantage de pratiquer des tarifs très bas, tout en travaillant très dur. Huang n'arrivait pourtant pas à croire que Ruling, la fille de Meijuan, se soit résignée à accepter un tel travail.

De retour dans la cité, il a mené son enquête. D'après les vieux voisins, Meijuan avait eu de l'influence quand elle était à la tête de l'unité de production du quartier, mais maintenant qu'elle était à la retraite, elle n'était plus personne et elle n'avait pas réussi à obtenir un poste décent pour sa fille. Ruling avait trouvé ce travail temporaire au marché suite à l'engouement récent des Shanghaïens pour la soupe de canard à l'ancienne, un mets réputé tant pour son goût que pour ses bienfaits.

Mais comme toute mode, la tendance culinaire de Shanghai pouvait se montrer capricieuse et passagère. Dès qu'elle s'éteindrait, Ruling perdrait ce travail pitoyable.

Huang n'a pas voulu tourner sa découverte en fable pour la conversation du soir. L'identité inconnue du client aurait produit un certain effet sur l'auditoire, mais celle de la jeune fille donnerait lieu à des ragots. Il a préféré rédiger un rapport détaillé, objectif et professionnel, qui ne ferait selon lui de mal à personne.

Deux ou trois jours plus tard, à son grand étonnement, il a reçu une deuxième mission.

« Le client a été très content de ton rapport, a annoncé Shizheng. Il aimerait que tu poursuives ton enquête. Pour ce nouveau travail, tu recevras cinq mille yuans d'avance – dont la moitié à l'acceptation du contrat – à condition que tu fournisses des preuves. Si tu ne réussis pas à rendre ton rapport ou si la conclusion se révèle fausse, tu ne recevras pas le solde de l'avance…

– Attends, Shizheng, pour quel type de travail le client est-il prêt à me verser une somme pareille ?

– Il veut savoir si Ruling est encore vierge. Mais je n'ai pas tout à fait terminé. Si ton rapport garantit qu'elle l'est toujours, et si cela se vérifie, tu recevras vingt-cinq mille yuans de plus.

– Quoi ? Comment est-ce… a-t-il bafouillé sans terminer sa phrase. Comment pourra-t-on être sûr qu'elle l'est vraiment ?

– Ce n'est pas ton problème. Pour toi, c'est une très bonne affaire. Au pire, tu récupères au moins deux mille cinq cents yuans. Bien sûr, tu devras fournir un rapport d'enquête détaillé. »

Dans le meilleur des mondes actuels, il était difficile de trouver une fille encore vierge à l'âge de Ruling. Huang n'avait aucune idée de la situation de la jeune femme à cet égard. Et il n'envisageait pas de lui poser la question directement. Mais le salaire était tentant. Et puis cette requête inhabituelle l'intriguait. Au XXIe siècle, qui pouvait accorder tant d'importance à l'innocence d'une jeune fille ? Il n'a pu s'empêcher de sonder Shizheng.

« C'est une voisine de la cité de la Poussière Rouge. Nos deux mères travaillaient ensemble. Avant d'accepter la proposition, j'estime que moi aussi, j'ai le droit d'en savoir un peu plus sur le client. Qu'est-ce qu'il compte faire avec elle ? J'ai une part de responsabilité là-dedans, tu comprends.

– Eh bien, le client est un homme d'affaires taïwanais surnommé Ding, a expliqué Shizheng. Il a une soixantaine d'années et il profite du deuxième printemps de sa vie, si j'ose dire. Il possède plusieurs entreprises. Il y a deux ou trois semaines, il est passé par hasard au marché. Il a été fasciné de voir comment la jeune fille préparait les canards. Parmi ses entreprises implantées à Shanghai se trouve un grand restaurant qui sert justement du canard rôti pékinois et de la soupe de canard à l'ancienne. Il a donc naturellement été intéressé par le procédé…

– Mais ça n'a rien à voir…

– Si tu veux connaître l'histoire, il faut que je te raconte tout depuis le début. Tu viens de la Poussière Rouge, tu as l'habitude, pas vrai ? a-t-il ajouté en secouant la tête. Monsieur Ding s'est ensuite intéressé à la personne. Quand il a appris qu'elle ne gagnait que huit cents yuans par mois pour un travail aussi ingrat, il a senti son cœur battre. Un Gros-Sous comme lui a l'habitude de fréquenter un tas de filles, des compagnes de repas, des compagnes de danse, de chant, tu vois ce que je veux dire, mais il n'a encore jamais rencontré de fille honnête et travailleuse comme elle, une fille qui gagne sa vie à la sueur de son front. Une soirée dans un club de karaoké lui coûte parfois plus de huit cents yuans rien qu'en pourboires. Dans le noir, il affirme qu'il ne fait plus tellement la différence entre une fille ou une autre – tant qu'un corps jeune et vivant réchauffe le sien dans les longues nuits froides. Cela fait un moment qu'il songe à prendre une *ernai* à Shanghai et Ruling pourrait bien être l'élue.

– Une *ernai* ! » s'est exclamé Huang.

En chinois contemporain, une *ernai* est l'équivalent d'une concubine entretenue par son amant de façon exclusive, à la différence d'une simple maîtresse – sauf que dans l'ancien temps, entretenir une concubine était autorisé au sein du mariage, alors que l'existence d'une *ernai* est tenue secrète. Dans la Chine actuelle, tout le monde sait qu'un grand nombre d'hommes d'affaires taïwanais entretiennent des *ernai* à Shanghai pendant que leurs femmes les attendent bien sagement de l'autre côté du détroit. Le gouvernement local ferme les yeux et laisse faire. Après tout, cette pratique peut attirer les investisseurs. Et, comble de l'ironie, elle contribue à réduire les chiffres du chômage, du moins pour certaines jeunes filles.

« Eh bien, je ne sais pas si je peux accepter, Shizheng.

– Allez. Ton rapport lui sert seulement à connaître son passé. Ce qu'il va réellement faire avec elle, on n'en sait rien. Comment va-t-elle réagir, tu n'en as pas la moindre idée, n'est-ce pas? Donc ce n'est pas de ta responsabilité.»

L'argument n'a pas suffi à convaincre Huang, mais il demeurait néanmoins impressionné par monsieur Ding, un personnage certainement excentrique, mais sincère, qui avait perçu en Ruling quelque chose que d'autres n'avaient pas vu.

Il a donc accepté de poursuivre son enquête. Il a commencé par aller se renseigner à la bibliothèque. Dans un livre jauni, il a appris que dans des temps reculés, on pratiquait le *shougongsha*, une technique qui, grâce à une herbe magique, imprimait un point rouge sur le poignet des vierges. Une légende fantaisiste, de toute évidence, s'est dit Huang en secouant la tête. D'après un autre ouvrage écorné, il suffisait d'observer les sourcils de la jeune fille. S'ils se rejoignaient, elle était vierge. Encore une histoire à dormir debout, a-t-il conclu avant de rendre les livres au bibliothécaire.

Il a décidé de quadriller la cité pour glaner des informations. Après avoir répété son discours chez lui plusieurs fois de suite, il est allé trouver Tante Yang, une femme qui habitait dans la même maison *shikumen* que Ruling.

«Je l'ai vue s'escrimer au marché. C'est un travail difficile pour une jeune fille.

– Mais comment son petit ami peut-il la laisser travailler là-bas? a tenté habilement Huang.

– Qui te dit qu'elle a un petit ami? a répondu Tante Yang en le regardant droit dans les yeux. Moi, je ne crois pas qu'elle en ait un.

– Vous en êtes sûre?

– Eh bien, elle n'a jamais ramené personne dans la maison. À la Poussière Rouge, tout finit toujours par se savoir. Et puis, qui accepterait de s'occuper de son père paralysé ? a-t-elle ajouté d'un air songeur. C'est une fille dévouée, mais un gendre aurait du mal à accepter cette situation. »

Huang a fait subir le même interrogatoire à d'autres habitants de la cité. Leurs réponses concordaient, ce qui était de bon augure pour sa mission. Mais il ne voulait rien laisser au hasard. Il montrerait qu'il pouvait fournir un travail consciencieux.

Il a donc poussé l'enquête jusqu'à sonder les anciens camarades de classe de Ruling. Selon eux, elle avait peut-être eu un prétendant au lycée, mais il ne s'était rien passé. Elle s'inquiétait trop pour son père cloué au lit et sortait très peu.

Après avoir additionné les différentes pièces qu'il avait pu rassembler, Huang était convaincu qu'elle était encore pure. Pourtant, il hésitait à remettre son rapport. C'est alors que Shizheng s'est à nouveau présenté chez lui.

« Monsieur Ding attend ton rapport avec impatience.

– J'ai réuni des informations, a répondu Huang en sortant une épaisse enveloppe de papier kraft, mais j'ai besoin de creuser encore.

– Monsieur Ding ne veut pas attendre plus longtemps.

– Pourquoi ça ?

– Il n'a pas le même âge que toi, Huang.

– Eh bien, a lancé Huang en profitant de l'occasion pour satisfaire sa curiosité, peux-tu m'en dire un peu plus sur sa vie privée ?

– Il a connu des moments difficiles à Taïwan. Sa femme est une garce issue d'une famille aisée qui l'a tyrannisé pendant des années. Une crise cardiaque l'a partiellement paralysée et elle ne peut plus quitter son lit. À Shanghai, les affaires du mari sont florissantes et il se montre plus que généreux avec elle, mais il ne la voit presque jamais. Quant à elle, elle est dans l'incapacité de le rejoindre. On peut comprendre qu'il ait besoin d'une relation stable ici. D'une fille qui n'ait pas encore été souillée par la société d'aujourd'hui.

– Qu'est-ce qu'un vieil homme comme lui peut attendre d'une fille comme Ruling ?

– C'est difficile à dire. Sûrement pas un amour réciproque. Mais peut-être un peu d'affection de la part d'une fille loyale et pas trop matérialiste qui n'essaierait pas de l'arnaquer en feignant la passion… »

Shizheng a insisté pour photocopier l'intégralité du dossier afin que monsieur Ding pût voir avec quelle application Huang s'était acquitté de sa mission.

« Il verra qu'il peut s'attendre à recevoir un rapport final prochainement. »

Après son départ, Huang s'est senti encore plus déconcerté. Monsieur Ding, ce Gros-Sous taïwanais, n'était peut-être pas un si mauvais homme. Mais il était marié. Et puis, la différence d'âge était si grande.

Il hésitait à aller trouver Ruling. Il se sentait responsable de la décision qu'elle allait bientôt devoir prendre. La moindre des choses serait de lui dire ce qu'il savait de l'homme d'affaires, en toute objectivité.

Quelques jours plus tard, il décida de retourner à l'atelier de préparation de canards, mais une fois là-bas, on lui a dit que Ruling ne travaillait plus au marché.

Comme dit le proverbe, *il n'y a pas d'histoire sans hasard.* Alors qu'il retournait vers la cité, il a aperçu la jeune fille qui marchait d'un pas léger dans une robe d'été blanche soulignant ses formes souples et vigoureuses tandis qu'un collier en or brillait sur sa gorge nue.

Il l'a arrêtée et lui a proposé de bavarder un peu dans un salon de thé récemment ouvert de l'autre côté de la rue. Elle a accepté d'un air surpris. Ils se connaissaient de vue mais ils ne s'étaient jamais vraiment parlé.

Dans l'établissement au décor vieillot, devant un thé au jasmin et des soucoupes garnies de graines de pastèque et de pruneaux glacés au sucre, il est allé droit au but en lui annonçant que quelqu'un s'était renseigné sur elle.

« Je comprends mieux pourquoi il en sait autant sur moi et sur ma famille, a-t-elle remarqué en soufflant doucement sur les feuilles de thé vert qui se déployaient dans la tasse délicate. C'est à cause de vous.

– Vous avez déjà rencontré monsieur Ding ?

– Oui.

– Et que pensez-vous de lui ?

– Dans ma situation, qu'est-ce que ça peut faire ce que je pense de lui ? a-t-elle rétorqué en touchant son collier du bout des doigts avec embarras. C'est une offre que je ne peux pas refuser. »

Cette réplique a rappelé à Huang le début d'un film américain dont le titre lui échappait pour l'instant. Elle avait déjà dû prendre sa décision puisqu'elle avait démissionné du marché.

Monsieur Ding avait-il lui aussi pris sa décision sans attendre le rapport d'enquête ?

« Je lui ai simplement fourni des informations de base. Je vous ai dépeinte en toute objectivité comme une fille honnête et travailleuse. Et dévouée, si l'on en croit l'attention que vous portez à votre père.

– Merci, Huang. J'apprécie beaucoup ce que vous avez fait pour moi, ont murmuré ses lèvres rouges qui tremblaient contre le bord de la tasse blanche. Mais que voulez-vous savoir d'autre ?

– Ce n'est pas pour ça que je voulais vous parler. En fait, j'ai pensé que je devais vous dire ce que je savais de monsieur Ding, bien que ce ne soit pas grand-chose. »

Étonnée, elle l'a écouté lui raconter ce qu'il avait appris de Shizheng. Il a ajouté quelques renseignements obtenus par ses propres moyens sans pour autant trahir son éthique de détective privé. En conclusion de son exposé, il a déclaré avec sincérité :

– Je ne suis pas en position de juger cet homme. En réalité, je ne détiens pratiquement aucune preuve concernant sa vie de famille. Par contre, depuis cinq ou six ans qu'il réside à Shanghai, sa femme n'est pas venue lui rendre visite une seule fois. Ça, je peux vous le garantir. Il est donc possible qu'elle soit effectivement malade et clouée au lit.

– Pourquoi tenez-vous tant à me dire tout ça ?

– Ma mère travaillait aussi dans l'unité de production du quartier, a-t-il expliqué en attrapant un pruneau glacé au sucre. Ça me rappelle le nouvel an chinois quand j'étais petit. Elle déposait quelques pruneaux sur une soucoupe uniquement à cette occasion. Bref, il y a très longtemps, le jour de l'an, elle s'est transpercée le doigt sur une machine à coudre de l'usine et pendant des semaines, votre mère s'est démenée pour lui confier des tâches plus faciles. C'est le moins que je puisse faire pour vous, je crois.

– Vous aussi, vous êtes un fils dévoué.

– Il y a autre chose, a-t-il commencé dans un sourire gêné. Cette année-là, pour le festival de printemps, je suis allé chez vous avec ma mère rendre hommage à votre famille. Votre mère m'a servi un bol de boulettes de porc, les meilleures que j'aie jamais mangées.

– Vous voulez dire… »

Sa phrase est restée en suspens.

« À l'époque, c'était quelqu'un à la cité de la Poussière Rouge et elle s'est consacrée à son travail sans faire passer ses intérêts en premier. Beaucoup de gens l'estiment encore.

– C'est intéressant, la façon dont vous parlez d'elle, a-t-elle lancé d'un ton maussade. Mais laissez-moi vous la décrire à mon tour, a-t-elle ajouté pensive après une gorgée de thé.

– Allez-y, Ruling, a-t-il approuvé tout en se demandant pourquoi elle choisissait de lui raconter des choses sur sa mère à ce moment précis. Un cadre du Parti consciencieux, c'est ainsi que ma mère la définissait toujours.

– Mais à quel prix ? Quand l'unité de production a été lancée, elle s'est jetée à corps perdu dans son travail et pendant des années, elle n'a pas voulu avoir d'enfant. Des tensions sont apparues entre mes parents et elle m'a conçue plus ou moins dans l'espoir de sauver son mariage. Mais mon arrivée n'a pas résolu leurs problèmes. Elle demeurait tout aussi occupée, submergée par la construction révolutionnaire socialiste, sans un moment pour nous. Attention, je ne me plains pas. Sauf que mon père s'est mis à boire…

– Mais pourquoi ?

– Au départ, il était agacé par sa négligence croissante des tâches domestiques et puis par l'obsession grandissante du politiquement correct qu'elle ramenait jusque dans la maison, en membre du Parti dévoué. Le pire, c'est que lui n'avait pas été accepté au sein du Parti, comme vous le savez peut-être, tandis qu'elle faisait tout pour montrer l'exemple et soigner son image de cadre méritoire et consciencieux. Par exemple, lors de la campagne d'attribution de logements, elle a refusé de prendre une pièce supplémentaire, alors qu'en tant que chef d'unité de production, elle y avait droit, et cela a encore aggravé les disputes. Pendant des années, serrés dans la pièce du fond comme dans un poulailler, avec pour toute séparation un meuble dressé entre les lits, leurs querelles incessantes m'ont tenue éveillée. Au bout d'un moment, mon père s'est mis à boire. Il s'est ruiné la santé et depuis, c'est moi qui m'occupe de lui.

– Toutes les familles ont leurs soucis », a commenté Huang, étonné par la colère de la jeune fille. « Diriger l'unité de production ne devait pas être facile tous les jours et on peut dire qu'elle a apporté une grande contribution à la construction socialiste… »

Mais il n'a pas terminé sa phrase qui lui semblait aussi guindée et démodée qu'une citation du *Quotidien du peuple*.

« Votre mère ne vous a pas raconté ce qui était arrivé à l'unité de production ? Ça a été un vrai désastre !

– Elle a pris sa retraite assez tôt. Tout ce que je sais, c'est que l'unité a fusionné avec un autre atelier », a-t-il avoué, perplexe. « Mais je suis sûr que votre mère tenait à vous, à sa façon.

– À sa façon peut-être, a-t-elle répété sèchement. Mes notes à l'examen d'entrée à l'université étaient trop basses. C'était de ma faute, je le reconnais. Mais ma famille était déchirée ; ma mère passait son temps au téléphone à parler de l'unité de production ; mon père gémissait et grognait dans son lit ; alors comment vouliez-vous que j'arrive à me concentrer ? Quand j'ai échoué à l'examen, elle était encore trop occupée pour faire attention à moi. Et puis du jour au lendemain, à cause de la fusion, elle a été mise à la retraite anticipée. Comme elle n'avait plus rien à faire, elle a essayé de m'aider, mais elle avait perdu son pouvoir et ses relations en même temps que son travail. Elle n'a même pas été capable de me trouver un emploi ; personne n'a voulu lui prêter secours. Finalement, j'ai trouvé moi-même cet emploi temporaire au marché. Qu'adviendra-t-il quand la mode de la soupe de canard aura passé ?

– C'est un travail précaire, je le comprends bien.

– Et en fin de compte, c'est comme si moi aussi, j'étais un canard mort et nu, a-t-elle lâché en se tordant les mains. Alors que voulez-vous que je réponde à un homme qui me tend la main pour me sortir de la fiente de canard ?

– Qu'est-ce qu'il vous a dit ?

– À une époque où les gens méprisent plus la pauvreté que la prostitution, il a vu quelque chose de spécial en moi ; il appelle ça la beauté intérieure, une qualité qui n'est pas seulement superficielle. Que répondre à ça ? »

Huang a hoché la tête et, remarquant encore une fois les longs doigts posés sur le collier en or, il a songé à cette réflexion de Confucius : *Une femme se fait belle pour qui l'apprécie, un homme est prêt à mourir pour qui le comprend.*

Sauf qu'elle avait sûrement reçu le collier des mains de monsieur Ding.

« Il est prêt à m'acheter un bel appartement dans le district de Xujiahui. Ma mère a travaillé toute sa vie et toutes ses économies – moins de neuf mille yuans à la banque – ne valent même pas un mètre carré au prix actuel de l'immobilier. Il m'a également promis qu'il m'aiderait à placer mon père dans une maison de retraite et qu'il payerait tous les frais. Que voulez-vous qu'une plumeuse de canards comme moi demande de plus ? »

Après une courte pause, elle a repris la parole, comme si elle était pressée de clore la conversation.

« Dans la Chine d'aujourd'hui, tout est à vendre. Quand le prix proposé dépasse toutes vos espérances, comment refuser ? »

Il l'a écoutée sans l'interrompre. Apparemment, sa décision était prise. Il n'avait plus rien à dire.

Plus tard, il a passé un coup de téléphone à sa mère. Elle validerait peut-être le témoignage de Ruling, du moins la partie concernant Meijuan. Son ambition de détective privé l'avait empêché de prêter attention aux événements de la cité et les vicissitudes de l'unité de production lui avaient complètement échappé.

« Ça n'est pas facile pour Meijuan, a commencé sa mère d'une voix hésitante. Comme tant d'autres, elle a cru à l'appel du président Mao qui proposait d'émanciper les femmes par le travail. Moi aussi, j'ai rejoint l'unité de production dès les débuts. Mais pendant des années, nos principales commandes sont restées les tenues de protection qui rapportaient très peu d'argent, ce qui représentait une source d'angoisse constante pour Meijuan. Malgré tous nos efforts, nous dépendions toujours des subventions de l'État. Quand Deng Xiaoping a lancé la réforme économique, les choses sont allées de mal en pis. On nous a suggéré d'introduire de nouveaux produits ou au moins de remplacer nos équipements pour augmenter le rendement, mais Meijuan n'a rien voulu entendre ; elle refusait de se débarrasser des vieilles machines. Et puis, alors que nous étions au bord de la faillite, l'unité a fusionné avec un autre atelier, plus grand et plus rentable. La retraite anticipée de Meijuan faisait partie du contrat. C'était une humiliation. Dans la nouvelle vague de nostalgie pour le passé de la ville, la maison *shikumen* qui avait conservé sa structure originelle constituait le seul élément de valeur de la vente et toutes les vieilles machines ont été mises à la décharge.

– Mais Ruling a l'air d'en vouloir à Meijuan, pas seulement à cause de son travail, mais surtout parce qu'elle a négligé sa maison, son mari et sa fille.

– Elle ne devrait pas être trop dure avec sa mère. Elle portait de telles responsabilités ; elle était obligée de travailler d'arrache-pied pour l'unité de production… Hélas, elle est brisée maintenant. Je t'assure, au matin, ses cheveux miroitaient comme de la soie noire et le soir, ils scintillaient comme de la neige blanche. »

La conversation téléphonique n'a pas vraiment aidé Huang à approfondir la requête de son client, mais elle lui a confirmé que Ruling était une fille honnête et qu'elle lui avait raconté l'histoire réelle de sa famille, même si son point de vue restait subjectif. En tant que détective amateur, il ne voyait pas ce qu'il pouvait faire de plus.

Shizheng est revenu à la cité de la Poussière Rouge.

« Monsieur Ding a déjà acheté un appartement dans le district de Xujiahui et il est prêt à s'installer avec elle.

– Si vite ! a laissé échapper Huang pour qui l'achat de l'appartement n'était pourtant pas inconnu.

– Réfléchis. Même si sa femme découvre qu'il entretient une *ernai* ici, elle ne sera pas capable de venir lui chercher des noises.

– Alors qu'est-ce que tu veux que je fasse ? Monsieur Ding et Ruling se sont déjà rencontrés.

– Tu dois encore remettre ton rapport final. Il en a besoin pour prendre sa décision. Tu penches pour quoi ? a-t-il demandé en ricanant.

– Comment ça ?

– Par rapport à sa virginité.

– Eh bien, sur cette question, on ne peut être sûr de rien. Avant de travailler au marché, elle a passé plusieurs examens médicaux au cours de ses recherches d'emploi et je me suis même renseigné auprès des hôpitaux où elle est allée. Aucun n'a pratiqué ce genre d'examen.

– Pourquoi ne lui suggérerais-tu pas une petite intervention chirurgicale ? »

Après une pause théâtrale, Shizheng a repris la parole.

« Concernant l'état de son "melon brisé", il existe des solutions. Tu es peut-être au courant qu'on peut réparer la virginité. Ça ne prend qu'une ou deux heures. Deux mille yuans maximum. Pèse le pour et le contre avec elle. L'épouse alitée a subi un pontage il y a deux ans. Le couple n'a pas d'enfant. Avec un peu de patience, Ruling pourrait devenir l'épouse légitime. Et vu l'âge de monsieur Ding, il ne faudrait pas longtemps avant qu'elle n'hérite de toute sa fortune…

– Je pense qu'elle sait tout ça, mais de là à se faire opérer…

– S'il le faut, tu pourrais lui prêter l'argent. C'est dans ton intérêt aussi. Tu pourrais remettre ton rapport sans avoir à te soucier de rien. Monsieur Ding est un client très généreux. »

Huang ne pouvait s'empêcher de soupçonner le détective professionnel d'avoir ses propres raisons de vouloir aussi ardemment le convaincre.

« Tu te donnes vraiment beaucoup de mal pour moi, Shizheng.

– Je travaille sur une autre mission pour cet homme. J'essaie d'entretenir de bons rapports avec lui. »

Huang n'était pas dupe. Shizheng devait lui cacher quelque chose. Après tout, monsieur Ding avait peut-être offert beaucoup plus d'argent que ce qu'il lui avait promis. La pratique était commune sur le marché : en tant qu'intermédiaire, Shizheng avait droit à sa commission.

Par la suite, Huang n'a pas arrêté de se demander s'il devait parler à Ruling de cette solution pratique. La récompense était trop tentante. Un refus catégorique indiquerait que ni lui ni elle n'auraient d'inquiétude à se faire. Mais la démarche allait à l'encontre de son éthique de détective.

Cette nuit-là, il a eu du mal à trouver le sommeil. Quand il s'est enfin endormi, il a fait un rêve étrange : Ruling devenait Meijuan, puis Meijuan devenait Ruling, à côté d'une poubelle sans couvercle envahie de mouches sous le tableau d'information craquelé de la cité de la Poussière Rouge…

Comme l'eau du fleuve, III

(2008)

Ceci est le dernier Bulletin d'information de la Poussière Rouge pour l'année 2008. Au milieu du mois de mars, des émeutes ont éclaté au Tibet, entraînant des pillages et des meurtres. La révolte avait été fomentée par les séparatistes et leur cerveau, le dalaï-lama, l'instigateur de toutes les activités criminelles du Tibet. Le 24 mars, la flamme olympique a été allumée à Olympie, en Grèce, avant d'entamer son « voyage de l'harmonie » à travers cinq continents. Le 12 mai, un tremblement de terre de magnitude 8 a éclaté au Sichuan, faisant plus de 69 000 victimes, 374 000 disparus et un million de sans domicile. En août, le « nid d'oiseau » de Pékin a hébergé la grandiose cérémonie d'ouverture des Jeux olympiques et le slogan « un monde, un rêve » a résonné dans tout le pays. En septembre, des résidus de mélanine ont été découverts dans la poudre de lait Sanlu. Une vingtaine de fabricants ont été interpellés pour avoir commercialisé du lait contaminé ayant causé la mort de 6 bébés et plus de 294 000 diagnostics de problèmes urinaires. Plus de huit mille tonnes de lait ont été retirées du marché. Au cours du même mois, la Chine a lancé le vaisseau Shenzhou-7 dans l'espace et l'astronaute Zhai Zhigang a effectué la première sortie extra-véhiculaire chinoise dans l'espace. Plus tard dans l'année, la crise américaine des subprimes a commencé à affecter d'autres économies du globe et la Chine a décidé de relancer la croissance en débloquant quatre mille milliards de yuans.

*

Quand elle s'est réveillée, les dernières images d'un rêve se dissipaient dans le tréfonds de son esprit. Les fragments étaient disparates, mais l'impression générale n'en demeurait pas moins déconcertante.

Seule, elle gravit un escalier de fer forgé menant à un large ponton en bois de cèdre qui surplombe le Bund et ses eaux tachetées de lune. Il est encore tôt, les amoureux s'agglutinent le long de la rive tels des escargots coincés en file indienne contre le parapet ; ils se murmurent des mots doux à l'oreille sans prêter attention à leurs voisins, ni à l'agent au brassard rouge qui fait sa ronde. Serrant une pomme au creux de sa main, elle se penche contre le garde-fou en béton et se surprend à écouter les vagues qui viennent lécher la berge. Au loin, les mouettes planent au-dessus des vaisseaux noirs. Son regard revient vers un sampan de couleur sombre qui se balance non loin au gré des flots. Une vague secoue l'embarcation et un lange tombe de la corde à linge tendue sur le pont.

« C'est un sampan familial, le couple travaille en bas dans la cabine », s'entend-elle chuchoter au grand homme qui mastique un chewing-gum à côté d'elle, gonflant une bulle qui chatoie sous la lune. « Ils passent leur vie là-dedans, jour et nuit.

– *Une voile déchirée mariée à un gouvernail brisé* », répond-il promptement, comme s'il citait un poème.

Comme pour illustrer cet échange, un bébé potelé rampe hors de la cabine jusque sous la bâche délavée, lève la tête et leur adresse un sourire pareil à celui des poupées en argile de Wuxi.

Elle laisse l'homme lui prendre la main et lance la pomme au bébé du bateau. On dirait soudain que le fleuve leur appartient.

« *Non le fleuve, mais le moment où il ondule dans tes yeux…* » lui dit-il.

La grande horloge du bâtiment des douanes se met à sonner. La mélodie de *L'Orient est rouge* est portée par la brise du soir…

Mais c'était en réalité la sonnerie stridente du téléphone qui résonnait sur la table de nuit. Elle avait déjà la main tendue quand le silence est revenu.

Elle a regardé sa montre. Deux heures de l'après-midi. Par la baie vitrée, le soleil inondait la pièce. Même en fouillant dans les recoins de sa mémoire, elle ne reconnaissait pas l'homme du rêve qui parlait comme un poète. Quand elle était jeune, elle aimait la poésie, mais c'était il y a des années, presque dans une autre vie. Dans son rêve, d'après le décor caractéristique de la Révolution culturelle, elle devait avoir dix-sept ou dix-huit ans ; c'était l'époque où elle allait souvent s'asseoir au Bund.

Alors qui était-ce ? Certainement pas son défunt mari ; il ne s'intéressait pas du tout à la littérature. Et puis, elle ne le connaissait pas encore à l'époque.

Une angoisse inexplicable l'a saisie, accompagnée d'un sentiment de perte, comme si elle se retrouvait soudain projetée dans les jours anciens où elle était aussi pauvre que les habitants du sampan.

Une sirène montait du fleuve. Elle est sortie du lit pour ouvrir les rideaux. Surprenant son reflet dans la vitre, un léger frisson a couru le long de ses bras nus. Elle n'était pas encore remise de la longue soirée d'affaires de la veille au cours de laquelle Gros-Sous et Grosse-Légume avaient bu à la santé de son agence immobilière, « la numéro un de Shanghai ». Elle avait parcouru un long chemin depuis son rêve de jeunesse. Elle ne redeviendrait jamais la jeune fille pauvre, mais idéaliste, qui longeait le Bund, une pomme à la main.

Encore une fois, la sonnerie du téléphone a interrompu sa rêverie.

« J'ai des bonnes nouvelles au sujet du projet de la Poussière Rouge, Xia.

– Oh, Ouyang. Je te reconnais bien là. À peine levé, tu penses déjà au business.

– Tu te réveilles seulement maintenant, Xia ? l'a raillée Ouyang. J'ai parlé à Vieux Zhou, celui qui dirige les projets d'urbanisme de la ville. L'endroit se trouve en plein centre-ville, c'est une verrue insupportable. Surtout avec l'Exposition universelle qui arrive bientôt. La vieille cité décrépite doit être rayée de la carte.

– C'est un projet qui traîne depuis des années, a-t-elle répondu. Si elle n'a pas encore été détruite, il doit y avoir une bonne raison. »

Et elle la connaissait. Les risques étaient trop importants. Avant, un promoteur pouvait facilement reloger les habitants avec une autorisation de l'État et une compensation symbolique. Mais face à la flambée des prix de l'immobilier, les gens commençaient à prendre conscience de la valeur de leurs biens. Du coup, ils restaient campés sur leurs positions, plantés comme des clous, inflexibles à la pression des demandes officielles et aux méthodes moins légales de démolition sauvage. Vu l'importance actuelle du concept de société harmonieuse, toute forme de protestation susceptible d'éclater pendant la procédure d'expulsion risquait d'avoir des répercussions politiques catastrophiques, autant pour les hommes d'affaires que pour les fonctionnaires décisionnaires.

« Cette fois, la situation est complètement différente, a expliqué Ouyang. Il s'agit d'améliorer l'image de la ville pour l'Exposition universelle. Une nouvelle station de métro va ouvrir tout près du site actuel de la cité. Tout le quartier va devenir une zone prioritaire d'aménagement. »

Le principe était le même, sous un nouveau nom : l'Expo. Et les gens ne pourraient ni résister, ni négocier.

« Quelle que soit la raison avancée, certains refuseront d'y croire, surtout après tous les scandales immobiliers qui ont éclaté dans la ville.

– On doit aller de l'avant. L'homme n'est pas éternel.

– Je suis une femme, Ouyang. »

Il avait raison pourtant. Selon une nouvelle expression chinoise, celui qui dirigeait une entreprise *se jetait à la mer,* un pari risqué, mais riche en opportunités. Elle avait commencé par diriger un petit restaurant familial et grâce à une succession d'opportunités incroyables – dont la chance d'avoir servi gracieusement, par un soir pluvieux et glacé, un bol de soupe fumante à Ouyang, alors à la tête d'une unité de production de quartier –, elle avait mené son petit bonhomme de chemin jusqu'à son présent statut de multimilliardaire. Tout ça parce que Ouyang avait été bouleversé par sa soupe, ou plutôt, pour être précis, par la façon dont elle avait posé la soupe sur la table en lui adressant un sourire « qui avait illuminé le mur gris ». L'homme avait depuis connu une ascension spectaculaire jusqu'à son poste actuel d'assistant du maire de Shanghai.

« Pour ce projet, des tas d'intérêts sont en jeu, dont certains qui nous dépassent totalement. Tant que la cité sera là, la valeur immobilière du quartier ne montera jamais, a-t-il conclu à l'autre bout du téléphone. Ne t'inquiète pas. Si le ciel nous tombe sur la tête, des gens seront là pour le rattraper. »

La conversation a duré plus longtemps qu'elle ne s'y attendait. Quand elle a reposé le combiné, la petite aiguille de l'horloge approchait des trois heures.

Elle n'avait pas grand-chose à faire au bureau cet après-midi-là, a-t-elle réfléchi en préparant une tasse de café. Ce n'était pas une mauvaise idée d'aller jeter un coup d'œil à la cité de la Poussière Rouge. Elle pourrait évaluer la faisabilité du projet. Ouyang n'était pas un interlocuteur fiable. En tant que partenaire tacite de son entreprise, il songeait surtout à ses propres intérêts.

La femme de chambre a frappé à la porte. Elle a posé un bol de nids d'hirondelles sur la table en annonçant avec déférence :

« Ils sont encore chauds, madame. Vous étiez au téléphone, alors j'ai laissé le bol dans l'eau bouillante. »

Xia n'aimait pas tellement les nids d'hirondelles, mais elle en a avalé une cuillerée. Un de ses partenaires financiers du Fujian lui en avait envoyé une énorme boîte – un produit de luxe censé prévenir les effets du temps. Les fermiers locaux allaient cueillir les nids sur des falaises ; ce serait du gâchis d'en mettre une miette à la poubelle.

Après une douche rapide, elle a enfilé un tailleur à manches courtes en cachemire gris clair et elle est sortie de chez elle.

La voiture l'attendait dans l'allée. Son chauffeur, Vieux Zhang, s'est empressé de lui ouvrir la porte.

« Où va-t-on, madame ?

– À la cité de la Poussière Rouge, a-t-elle lancé. Au coin de la rue du Fujian et de la rue de Jinling.

– Vous allez voir un ami là-bas ? a-t-il demandé par-dessus son épaule. C'est un coin oublié de la ville. »

L'expression faisait référence à *Un coin oublié par l'amour*[1], un film qu'elle avait vu dans les années quatre-vingt.

« Oui, quelqu'un que je n'ai pas vu depuis des années », a-t-elle répondu.

Elle n'avait nullement l'intention de lui révéler la véritable raison de sa visite. Il risquait de se répandre en conjectures.

Dans un miroir de poche, elle a examiné les fines rides qui s'étiraient au coin de ses yeux – des « queues de poissons », comme on les appelait dans un poème de la dynastie des Tang. Le temps filait à toute vitesse, comme de l'eau, comme dans un rêve.

Pour elle, le rêve était plutôt heureux ; il appartenait à la grande saga romanesque de l'irrésistible ascension de la Chine. Au début de l'été 2008, le succès était à son comble ; les Jeux olympiques se dérouleraient bientôt

1. Film réalisé par Li Yalin et Zhang Ji en 1981, adapté d'une nouvelle de Zhang Xian.

à Pékin et dans deux ans, l'Exposition universelle s'installerait à Shanghai.

Mais le secret de sa réussite était simple. Elle devait tout à la terre qui avait appartenu à l'État avant de passer aux mains des cadres du Parti. Au nom de la réforme économique, ces derniers avaient désormais la possibilité de la vendre à n'importe quel promoteur. Dans son cas, la position privilégiée et les relations d'Ouyang avaient joué en sa faveur. Elle avait d'abord reçu une compensation largement surévaluée pour la démolition de son restaurant, ce qui lui avait permis, grâce à un tuyau fourni par Ouyang, d'acheter un terrain adjacent « à prix d'ami » en contractant un prêt avantageux qu'il avait négocié pour elle. C'était lui encore qui avait élaboré son projet commercial et l'avait aidée à monter l'agence immobilière qui avait rapidement engrangé d'énormes bénéfices. Suite à la mort prématurée de son mari, les visites d'Ouyang étaient devenues de plus en plus fréquentes, et pas toujours liées aux affaires. En attendant, Shanghai connaissait un boom de la construction immobilière sans précédent. Plusieurs projets qu'elle supervisait étaient estimés à plus de cent mille yuans le mètre carré…

La vibration de son portable l'a tirée de sa rêverie. Encore une fois, l'écran numérique affichait le nom d'Ouyang. Mais elle ne voulait pas évoquer sa visite de la cité dans la voiture.

Depuis quelques années, il venait la voir moins souvent. Elle trouvait prudent de maintenir une certaine distance entre eux, surtout maintenant que son fils, Qiangqiang, était à l'université. Elle savait qu'Ouyang entretenait une kyrielle de petites secrétaires, plus jeunes et plus jolies qu'elle, mais les parts qu'il possédait dans sa société constituaient un lien solide entre eux. Et puis, certains bruits qui couraient sur son compte lui avaient donné froid dans le dos.

« La circulation est infernale, a annoncé Vieux Zhang en secouant la tête. Trois cents nouvelles voitures prennent la route tous les jours.

– Prenez votre temps. Je ne vais pas à un rendez-vous d'affaires. »

Il leur a fallu plus d'une heure pour atteindre la cité. Elle se dessinait au loin, comme une île misérable et solitaire au milieu d'un océan de gratte-ciel.

Elle a demandé à Vieux Zhang de faire le tour du quartier plusieurs fois avant de s'arrêter près de l'entrée arrière de la cité. Celle-ci donnait sur un grand marché dont elle avait entendu parler et dont elle n'apercevait que quelques étals disséminés çà et là, beaucoup moins nombreux que ce qu'elle avait imaginé.

« Rentrez à la maison, Vieux Zhang, a-t-elle dit en sortant de la voiture. Je ne sais pas combien de temps je vais rester ici. Qiangqiang aura peut-être besoin de vous. »

Elle a commencé à marcher, les yeux levés vers le nom gravé sur le porche de l'entrée. « Cité de la Poussière Rouge ». Deux ou trois chauves-souris quadrillaient le ciel de leur vol chaotique.

Bientôt, elle a remarqué les regards curieux des jeunes qui traînaient à l'entrée, fumant, jurant et vociférant comme s'ils étaient seuls au monde.

« *Marche avec courage, jeune fille* », a chanté l'un d'eux d'une voix stridente, à l'attention de la silhouette incongrue qui approchait d'un pas mal assuré.

À côté des gratte-ciel environnants, la cité offrait un contraste saisissant. Sale et sordide, elle portait les marques inévitables du temps. Sur plusieurs mètres, le réseau de tiges de bambou couvert de linge dégoulinant bouchait le ciel. Pourtant l'endroit lui semblait familier, comme si quelqu'un l'attendait. Un sentiment de déjà-vu l'a soudain envahie alors qu'elle était certaine de n'avoir jamais mis les pieds ici.

Elle a été étonnée d'apercevoir un pot de chambre en bois qu'on aérait dans le jour tombant. Un balai de bambou trempé était appuyé contre un mur nu, comme un point d'exclamation à l'envers sur la porte noire d'une maison *shikumen*. Son propriétaire n'était sûrement pas encore rentré. Une goutte d'eau est tombée sur sa joue. Un mauvais présage, a-t-elle pensé en fronçant les sourcils, la tête levée vers le linge qui gouttait. La plupart des habitants ne devaient pas posséder de machine à laver. La quantité de linge témoignait du nombre de résidents de la cité, ce qui l'intéressait pour son projet.

Plusieurs hommes d'âge mûr suivaient son avancée. L'un tenait un grand bol de riz, un autre s'étirait sur un fauteuil en bambou déglingué, un troisième écaillait vigoureusement un sabre dans l'évier commun couvert de mousse. Encore une fois, elle s'est sentie attirée par l'atmosphère indéfinissable de la cité, mélange de traditions et de valeurs hors du temps. Même si ces échanges étaient liés à la promiscuité, les voisins entretenaient des relations intimes et partageaient certaines activités. Shanghai ressemblait de plus en plus aux autres métropoles du monde – New York, Londres, Paris – avec leurs gratte-ciel imposants et leurs gigantesques centres commerciaux. Même les magasins vendaient partout les mêmes marques, a-t-elle pensé en baissant les yeux vers le sac Vuitton qu'elle tenait à la main.

Il lui a fallu seulement deux minutes pour faire le tour de la cité. Près de la porte principale, elle a remarqué un tableau noir, une antiquité qui avait dû accueillir des dizaines de couches de peinture. On y écrivait encore les bulletins d'information à la craie. Ce mode de communication était depuis longtemps tombé en désuétude. Elle s'est demandé combien de personnes le lisaient encore aujourd'hui.

En débouchant dans la rue de Jinling, elle a aperçu un attroupement d'hommes assis, la plupart aux cheveux gris ou blancs, certains en shorts, le torse nu, d'autres dans des pyjamas élimés.

À gauche du groupe se trouvait un homme d'une cinquantaine d'années assis tout seul sur un tabouret de bambou. À côté de lui, un rouleau de papier étalé sur une chaise en bois sombre proclamait en traits de pinceau grossiers : *Votre avenir à travers un caractère chinois.* De toute évidence, l'homme, vêtu d'une chemise traditionnelle, disait la bonne aventure en interprétant les idéogrammes, une activité très prisée des touristes, mais qui conservait cependant une touche d'authenticité.

Elle connaissait cette pratique appelée glyphomancie grâce à un opéra de Pékin intitulé *Quinze colliers de sapèques*[1]. Dans l'histoire, un juge déguisé réussissait à obtenir la confession d'un meurtrier grâce à ce type de divination. La méthode fonctionne parce que chaque

1. Opéra du XVIIe siècle, livret original de Tchou Sou-tchen.

caractère chinois porte en lui de multiples significations et peut s'associer à d'autres en une infinité de combinaisons. De plus, un caractère peut se scinder en radicaux porteurs d'un sens ou en divers signifiants du langage courant, ce qui donne lieu à des interprétations illimitées.

Elle n'avait jamais cru à la bonne aventure. Mais en cette fin de journée, elle a ralenti le pas sous le poids d'une inexplicable prémonition. Était-ce à cause du projet immobilier ? De toute façon, cela ne lui ferait pas de mal de parler à cet homme ; il pourrait au moins lui en apprendre un peu plus sur le voisinage.

« Bonjour, madame, mon nom officiel est Chen et je ne suis qu'un pauvre gribouilleur dans le monde de la Poussière Rouge, a-t-il commencé sans lui laisser le temps de prononcer un mot. C'est une profession modeste, mais il faut être bien entraîné pour donner une interprétation juste et précise. Soyez tranquille, je ne transmets jamais une erreur de lecture ou de diagnostic à mes clients.

– Vous arrivez à apprendre tant de choses à travers un seul caractère ?

– Tout est changeant, tout n'est qu'illusion, c'est la nature même de notre monde, a-t-il répondu. La divination nous aide à y voir plus clair.

– C'est trop abstrait pour moi.

– Eh bien, c'est comme si vous cherchiez un bœuf alors que vous êtes assise dessus. Au final, vous vous apercevrez peut-être que la réponse était juste là, dans votre cœur. Mes services vous aideront simplement à trouver la voie. »

On aurait dit une paraphrase d'un paradoxe zen et elle n'était pas d'humeur à entrer dans un débat métaphysique.

« Le monde d'aujourd'hui est si plein d'inconnues qu'une "interprétation divine" pourrait s'avérer aussi efficace que n'importe quel autre remède. Oui, je crois que j'en ai bien besoin.

– Il y a un germe de sagesse en vous, madame. Lorsque Cang Jie a inventé les caractères chinois, chaque coup de pinceau est venu du cosmos pour créer une correspondance avec le *qi* et avec l'être humain. C'est ce qu'on appelle *tianren heyi,* "céleste et humain à la fois". Quel que soit le caractère que vous choisirez, je pourrai reconnaître des éléments issus de ces mystérieuses correspondances.

– Et si deux personnes choisissent le même caractère ?

– L'illusion naît de votre cœur. Ce qui veut tout dire pour l'un peut ne rien signifier pour l'autre. Un mot n'est bon ou mauvais qu'en fonction de la pensée qu'il y a derrière. Allez-y, choisissez un caractère. Si vous trouvez que mon interprétation n'a ni queue ni tête, vous pourrez partir sans me verser un sou. »

Il a fermé les yeux, s'est mis à respirer profondément comme en méditation et lui a tendu un pinceau.

« Fortunes et infortunes ne sont dues qu'à nous-mêmes. L'homme propose, le ciel dispose. Tracez le caractère que vous avez dans le cœur. »

Elle ne se jugeait pas crédule et restait hermétique à tout ce charabia mystérieux. Mais l'homme lui faisait une étrange impression. Tout à coup, elle a été prise par le doute.

« *Ao*… a-t-elle murmuré en hésitant.

– *Ao* comme le premier caractère du mot "olympique" en chinois ? »

Elle a écrit le caractère *ao* sur le papier, même s'il ne s'agissait que d'une interjection qu'elle avait lâchée par hasard. Un caractère en valait un autre.

« Est-ce que vous pensiez au mot "olympique" ? a demandé l'homme.

– Non. Pas vraiment. »

Ironiquement, le lien existait pourtant. Un des facteurs principaux de la fièvre immobilière chinoise était les futurs Jeux olympiques. Le jour où le monde avait appris que les Jeux se dérouleraient à Pékin, les prix du marché avaient grimpé en flèche.

« Vous comprenez, les choses aussi petites qu'un grain de poussière ou qu'une goutte d'eau sont toutes reliées sous le soleil, a expliqué Chen en distillant ses paroles comme des bulles de bière. *Ao* est un choix intéressant. On le trouve aussi dans *aomiao* qui veut dire mystérieux et miraculeux. Il s'agit d'une chose inconnue pour vous, mais sur laquelle vous voudriez en savoir plus, n'est-ce pas ?

– Eh bien… »

Aomiao combinait les caractères *ao* et *miao.* Ce n'était pas ce qu'elle avait voulu dire. Mais après tout, sa vie était pleine de changements mystérieux et miraculeux.

« Le caractère a une connotation générale positive, mais une approche thématique pourrait indiquer le contraire. Un caractère est constitué de plusieurs radicaux et chacun véhicule sa propre signification. En ce qui concerne *ao,* on peut le déconstruire en deux parties superposées. La partie supérieure ressemblerait à un carré ou à un immeuble sans base solide. Et que trouve-t-on à l'intérieur ? Le caractère "riz".

– Riz ?

– Oui, mais de façon symbolique, tout ce qui a de la valeur à vos yeux, l'argent, les capitaux, le travail, tout dépend de votre point de vue.

– Les capitaux », a-t-elle répété malgré elle.

Si le projet de la Poussière Rouge voyait le jour, le pire scénario pour elle serait d'avancer les capitaux et de ne pas pouvoir entamer la démolition et la construction à cause de la résistance des habitants.

« Peut-être que vos capitaux sont bloqués quelque part, par exemple, a-t-il ajouté après une pause solennelle. Regardons la partie inférieure. Il s'agit du caractère “gros”. En règle générale, le trait horizontal n'est pas complètement relié au “carré”, donc le riz peut facilement couler dehors. C'est un danger.

– Continuez », a-t-elle dit.

Cette interprétation semblait pouvoir s'appliquer à son futur projet. Mais les diseurs de bonne aventure savaient parler de façon ambiguë.

« Quelle est votre conclusion ?

– Voyons, ce n'est pas à moi d'établir des conclusions, a répondu Chen, c'est la conclusion qui vient à nous…

– Alors, c'est comme l'exercice du *tuishou* au parc du Bund, c'est ça ? a-t-elle lancé en réfléchissant à la réponse du devin. Ce n'est pas nous qui agissons en poussant, c'est le tai chi qui agit.

– Exactement, madame. Mais je voudrais vous dire encore une chose. Votre calligraphie est remarquable. Comme dit le vieux proverbe, on dirait *le vol du dragon, la danse du phénix*.

– Vous n'êtes pas obligé de dire ça, a-t-elle rétorqué pour balayer le compliment qu'elle jugeait mensonger.

– Le carré en haut du caractère ressemble à une cage qui pèse sur la partie inférieure. Comme vous n'êtes pas une femme ordinaire, votre carré est très grand et renferme sûrement un nombre important de personnes.

– Eh bien ! Que voyez-vous d'autre dans le caractère ?

– Quelle période vous intéresse ?

– Le futur proche.

– Je vois une chose étrange, a avoué l'homme après avoir étudié à nouveau le caractère pendant une ou deux minutes. La position de la partie inférieure me fait penser au caractère *ji* qui correspond aux fondations d'une maison. »

Cette lecture était aussi surprenante que banale. Dans cette ville, tout le monde parlait d'acheter ou de vendre une maison.

« Votre façon d'écrire est intéressante. Chez certaines personnes, les parties du haut et du bas ne sont pas jointes, donc ce qui se trouve au milieu, le riz en l'occurrence, peut s'échapper. Mais chez vous, c'est différent. Les deux signes sont si soudés que la signification change complètement.

– Qu'est-ce que vous racontez ! s'est-elle exclamée en le dévisageant malgré elle.

– Je vous raconte ce que j'arrive à voir, madame. Il pourrait s'agir d'un prochain revirement de situation.

– Vous pourriez être un peu plus précis ?

– Des gens importants vont vous approcher. Croyez-le ou non, la seule chose qui peut vous aider est d'écouter votre cœur. La voie du ciel est mystérieuse. Il est impératif de garder un cœur pur et d'accomplir de bonnes actions. »

On aurait dit une mise en garde, mais les diseurs de bonne aventure avaient peut-être l'habitude de terminer leur séance par une liste de recommandations qui ne pouvaient faire de mal à personne.

« Vous n'êtes pas un devin ordinaire, monsieur.

– Dans les textes sacrés bouddhistes, l'identité aussi n'est qu'une illusion, comme une bulle, comme un éclair. Vous me considérez comme un devin et pour vous, c'est ce que je suis. Mais je dois vous laisser maintenant. »

Elle a sorti cinq cents yuans de son sac à main.

« Merci pour cette excellente interprétation.

– Non, je n'accepte rien au-dessus de mes tarifs. »

Il a pris un billet de cent yuans.

« Merci, madame. Au revoir. »

Il s'est levé et a saisi la chaise recouverte du parchemin de papier dans une main et son tabouret dans l'autre. Puis il s'est tourné et a envoyé par-dessus son épaule un sourire à sa cliente avant de disparaître à l'intérieur de la cité.

Il vivait donc là-bas. Elle aussi s'apprêtait à reprendre sa route, mais elle s'est arrêtée brutalement, comme si le sourire d'adieu de l'homme avait touché au plus profond d'elle-même une corde presque oubliée dont elle entendait à nouveau le son familier.

« Oh, excusez-moi, monsieur. Auriez-vous une carte de visite ? » a-t-elle demandé précipitamment en trottinant vers lui. J'ai des amis qui pourraient avoir besoin de vos services.

« Bien sûr. »

Il a sorti une carte qui n'indiquait que son nom et son numéro de téléphone. Il n'y avait aucune adresse hormis celle de la cité.

CHEN XIAOHUI
54171006
CITÉ DE LA POUSSIÈRE ROUGE

Le nom lui est revenu en mémoire. C'était l'homme qu'elle avait croisé au parc dans les années soixante-dix et dix ans plus tard, dans son restaurant. Elle avait d'abord chéri ce souvenir en secret, puis il était devenu flou jusqu'à ne plus pouvoir même être convoqué dans un moment de tranquillité…

Mais comment Chen en était-il arrivé là ?

La carte de visite à la main, elle a levé la tête pour s'apercevoir qu'il avait disparu.

Une chiffonnière débraillée au visage aussi tanné que les figurines en terre cuite de la dynastie des Qing passait par là. Elle regardait autour d'elle, ramassait régulièrement des objets abandonnés et les déposait dans le panier qu'elle portait sur son dos.

Xia s'est tournée vers le groupe assis devant la cité, plus nombreux que tout à l'heure. Elle s'est approchée d'un homme aux cheveux blancs d'environ soixante-quinze ans qui occupait le centre du cercle, une théière en terre cuite dans sa main décharnée.

« Excusez-moi, monsieur, l'a-t-elle interpellé respectueusement. Je viens de parler au diseur de bonne aventure…

– Alors c'est vous qui êtes arrivée en Mercedes, a interrompu un homme d'une cinquantaine d'années. Qu'est-ce qu'il vous a dit ?

– Ne vous inquiétez pas, a repris le vieil homme au sourire édenté. Quoi qu'il vous ait dit, vous n'êtes pas obligée d'y croire. C'était un grand professeur de philosophie, mais ce n'est pas un devin très qualifié. Il n'est dans le métier que depuis deux ou trois ans.

– Un professeur de philosophie… » a-t-elle repris, sentant son cœur battre à nouveau dans sa poitrine.

« Plus qu'un philosophe. C'est aussi un poète. Il a même été célèbre à une époque ! »

C'était lui. Il n'y avait plus aucun doute. Baissant les yeux sur la carte de visite qu'elle tenait toujours, elle s'est rappelé une autre carte qu'il lui avait confiée des années plus tôt, portant un titre universitaire imprimé sous son nom. Quand elle juxtaposait les deux cartes dans son esprit, elle en obtenait une troisième remplie d'années écoulées barrées à la main.

Toutes ces années…

Levant brusquement la tête, elle a aperçu l'éclat du soleil mourant sur les ailes bleues d'un geai.

« Chen », a-t-elle répété pour elle-même dans un murmure inaudible.

Des bribes de souvenirs surgissaient du passé lointain comme des cris de détresse confus. À l'époque du parc, elle n'avait quasiment pas prêté attention à lui ; il faisait partie des jeunes qui pratiquaient le tai chi dans leur petit coin. Et elle ne savait plus non plus pourquoi elle avait abandonné l'anglais. Si la présence de Chen l'avait poussée à prendre cette décision, elle lui devait une fière chandelle, car il devenait alors un des maillons principaux de la chaîne de causalité qui l'avait menée jusqu'ici. Des années plus tard, la soirée au restaurant, quand il lui avait confié sa carte de visite en souriant par-dessus son épaule, avait constitué un nouveau maillon. Les jours suivants, elle s'était renseignée sur lui et sa réussite l'avait emplie de fierté. Pourtant, elle n'avait pas essayé de le contacter. Il tenait à elle, elle le savait, et pour lui, elle était plus qu'une laborieuse propriétaire de gargote crasseuse. Suite à cette rencontre, elle avait décidé de faire quelque chose, à sa façon. Ses affaires avaient commencé à prospérer. Elle n'avait plus entendu parler de lui. La réforme chinoise offrait des tas d'opportunités aux gens. Certains partaient à l'étranger et il n'était pas inenvisageable qu'un intellectuel comme lui ait choisi cette option. Où qu'il aille, il serait couronné de succès, avait-elle pensé.

« Vous avez déjà entendu parler de lui ? a demandé le vieil homme.

– Oui, il y a des années. J'ai lu certains de ses livres. Comment en est-il arrivé là ?

– Alors vous êtes une de ses admiratrices ?

– Est-ce qu'il a beaucoup d'admiratrices ? a-t-elle demandé sans répondre à la question du vieillard.

– Eh bien, il y a quinze ou vingt ans, oui, mais aujourd'hui, il n'y a plus personne. Sauf vous.

– Oh, je vous en prie, dites-moi ce qui lui est arrivé.

– Raconte-lui son histoire, Vieille Racine », a insisté un homme à lunettes, une note d'excitation dans la voix. « Tu avais tellement d'admiration pour lui. »

Il a versé de l'eau dans la tasse du vieil homme et tiré une chaise de bambou pour l'étrangère. Vieille Racine a pris la parole :

« Confucius a dit : *Celui qui cherche la vertu récolte des bienfaits, celui qui cherche la justice récolte les honneurs.* Malheureusement, la vertu et la justice ne valent pas un sou dans la société d'aujourd'hui. Si vous voulez savoir ce qui lui est arrivé, c'est à Yingchang qu'il faut vous adresser. »

Il s'est tourné vers un autre homme d'une cinquantaine d'années assis au milieu du groupe avec des petits yeux de fouine et un large front dont la hauteur était accentuée par son crâne dégarni.

« Oui, vous avez devant vous le conteur idéal, madame, a répondu l'homme appelé Yingchang en ricanant. Je connais Chen depuis quarante ans ; nous avons grandi ensemble dans la cité et nous avons partagé des tas de jeux, comme les échecs, le cricket ou le tai chi.

– Le tai chi ?

– Oui, pendant la Révolution culturelle, mais ça n'a pas duré longtemps. Il a rapidement préféré apprendre l'anglais. Grâce à ses connaissances, il a été admis à l'université à la fin des années soixante-dix et il ne lui a pas fallu très longtemps pour se faire un nom dans le monde universitaire. À trente ans, il était déjà professeur. Il était l'astre de la Poussière Rouge, comme on disait ici. Vers la fin des années quatre-vingt, il a obtenu une bourse prestigieuse pour aller aux États-Unis, mais il a préféré rester pour s'occuper d'une collection de livres, du moins, c'est ce que j'ai entendu.

« Et puis pendant l'été 89, les manifestations étudiantes ont éclaté à Pékin. À Shanghai, il aurait dû se tenir tranquille. Mais c'était un intello buté qui croyait fermement à ses principes. Il a rencontré des journalistes occidentaux et devant les caméras il a prononcé une déclaration virulente : "Si le gouvernement ouvre le feu sur les étudiants, cela voudra dire que nous sommes dans un régime fasciste et je démissionnerai sur-le-champ du

Parti." Quelques jours plus tard, les troupes ont tiré. Plusieurs cadres du gouvernement sont allés le voir et lui ont proposé de dire qu'il était soûl quand il avait parlé à la presse. Devinez ce qu'il leur a répondu. Il a dit qu'il n'avait pas bu une goutte d'alcool de toute la matinée. Et il a refusé de faire la moindre autocritique. Au contraire, il a tenu sa promesse et il a rendu sa carte de membre du Parti. Les autorités ont alors été obligées d'agir. »

Cela expliquait sa disparition des médias, a songé Xia avec un pincement au cœur. Cet été-là, elle était en train d'ouvrir un deuxième restaurant dans le district de Jing'an. Là-bas aussi, les étudiants étaient descendus dans la rue, ce qui avait provoqué des embouteillages terribles, elle se le rappelait encore. Elle avait voulu déposer des bouteilles d'eau devant l'établissement pour que les étudiants se désaltèrent, mais Ouyang l'en avait empêchée. Elle avait entendu dire que suite aux émeutes, certaines personnes avaient été inquiétées. Elle n'avait jamais pensé que Chen en faisait partie.

« Il a donc été licencié pour avoir participé à des activités contre-révolutionnaires, a repris Yingchang avant de boire une gorgée de thé. Compte tenu de ce qu'il avait fait, la punition n'était pas trop sévère ; il aurait pu être condamné à des années de prison. Les gens ont essayé de l'aider en lui proposant de l'argent en secret, mais il a toujours refusé. Il s'est enfermé dans sa mansarde et s'est mis à traduire de la philosophie jour et nuit. Pourtant depuis toutes ces années, pas une maison d'édition n'a publié son travail.

– Mais comment a-t-il fait pour survivre sans aucun revenu ? a demandé Xia.

– Le comité de quartier a fait des pieds et des mains pour lui obtenir une allocation de subsistance. C'est surtout grâce au camarade Jun, le responsable du comité de l'époque, a ajouté Vieille Racine en hochant la tête vers un homme aux cheveux gris assis en retrait. Mais ce n'est pas grand-chose.

– Les choses se sont un peu arrangées pour lui, a repris Yingchang. Une fois que la surveillance s'est relâchée, il a réussi à publier une traduction sous un pseudonyme. Mais la Chine a changé trop vite. Après cet été meurtrier, les gens désillusionnés se sont désintéressés des discussions politiques et philosophiques. *Regarde vers l'argent*, c'est la devise de tous. Son travail est devenu caduc.

« Et il a refusé de faire la moindre concession. Il a ouvert une petite librairie baptisée *La Poussière Rouge* dans laquelle il a empilé des ouvrages spécialisés en refusant de vendre les best-sellers. Je vais vous citer un exemple saisissant. Une auteure de « conseils beauté » l'a contacté pour organiser une soirée de dédicace chez lui. Elle espérait certainement utiliser le nom d'un intellectuel sérieux pour rehausser son image, mais en toute franchise, à l'époque, plus personne ne se souvenait de Chen. L'événement lui aurait permis de faire parler de lui et de sa boutique. Mais il a décliné la proposition, sous prétexte que la femme écrivait plus avec son corps qu'avec sa cervelle…

– Comment savez-vous tout cela ?

– Parce qu'il se trouve que cette femme était une cousine éloignée avec qui je l'avais mis en relation. Quelle honte pour moi ! Vous imaginez bien que ce n'est plus qu'une question de temps avant que la librairie ne soit mise en faillite.

– Cette histoire ne vaut rien, a repris l'homme à lunettes en crachant sur le sol gris. L'eau s'écoule, les fleurs tombent, les temps changent. »

Pour les habitants de la cité, le récit n'avait rien d'extraordinaire. Mais en dehors de la qualité de l'histoire, le destin de Chen était étroitement lié à celui de Xia.

« Je ne savais pas… »

Elle n'a pas terminé sa phrase.

« Vous vous inquiétez pour lui, a remarqué Yingchang en la regardant droit dans les yeux.

– J'ai lu ses livres. C'est un homme tellement brillant.

– Et alors ? On juge un homme d'après l'argent qu'il gagne, or il n'en a pas. Depuis des années, vous êtes la première à venir vous enquérir de lui.

– Est-ce qu'il réfléchissait autant quand vous pratiquiez le tai chi avec lui dans le parc ?

– C'était un drôle d'oiseau, déjà à l'époque. Et je vais vous raconter encore une anecdote à son sujet. On allait au parc pour faire du tai chi, mais vous savez pourquoi il s'est mis à l'anglais ? À cause d'une fille dont il est tombé amoureux. Au lieu de l'aborder directement, il a voulu lui en mettre plein la vue, alors il a pris un manuel d'anglais qu'il lisait à haute voix sur un banc à côté du sien. Mais très vite, il s'est plongé dans sa lecture et s'est mis à étudier comme un fou. Impressionnée, elle lui a envoyé quelques signes d'encouragement, mais ils ont glissé sur lui comme de l'eau sur le dos d'un canard. Elle était tellement vexée qu'elle n'a plus jamais mis les pieds au parc. »

Ça n'était pas vrai. Elle n'avait jamais envoyé aucun signe. D'ailleurs, elle ne se souvenait même pas d'avoir entendu qui que ce soit lire à haute voix là-bas.

« *Quand le poisson est pris, on oublie le filet*, a commenté encore une fois Vieille Racine.

– Est-ce que Chen vous a donné d'autres détails de l'histoire, Yingchang ?

– L'amour se lisait sur son visage, a répondu le narrateur en se pinçant la joue entre deux doigts. Pourtant, elle n'avait rien d'extraordinaire. Je me demande encore ce qu'il pouvait bien lui trouver. »

Quoi que Chen ait pu lui trouver à l'époque, il était clair qu'aujourd'hui Yingchang ne la reconnaissait pas.

Chen non plus ne l'avait pas reconnue. Avait-elle tellement changé ? Dans la tête de Chen, elle n'était peut-être qu'une abstraction, la personnification de son idéal de jeunesse passée au parc du Bund, un livre à la main, un être qui ne ressemblait en rien à la femme mûre et prospère qui surgissait aujourd'hui avec son sac Vuitton.

« Comme toujours, la femme pousse l'homme à la ruine. C'est grâce à elle qu'il est devenu ce qu'il est devenu, grâce à l'anglais appris près du fleuve qui lui a permis de poursuivre une carrière universitaire. Mais tout cela l'a aussi mené à la catastrophe de 1989. »

Sous le coup d'une illumination, les paroles que Chen avaient prononcées des années plus tôt lui sont revenues en mémoire : « Nos retrouvailles de ce soir m'ont aidé à prendre ma décision. »

Était-ce à cause de cette soirée qu'il était resté en Chine ?

Elle avait donc une telle importance pour lui ? Elle se flattait, sans doute. Mais elle ne pouvait pas non plus écarter cette hypothèse. Ce soir-là, quand il lui avait donné sa carte, il avait dû espérer qu'elle l'appellerait.

Mais elle avait préféré ne rien faire, pour des raisons qu'elle ne s'expliquait pas elle-même.

« Quelque chose ne va pas, madame ? Vous êtes toute pâle, a remarqué Yingchang sans dissimuler sa curiosité. On dirait que vous venez de voir un fantôme.

– C'est donc comme ça qu'il est devenu diseur de bonne aventure ? a-t-elle conclu sans répondre à la question qu'on lui posait. Est-ce qu'il gagne suffisamment pour vivre ? a-t-elle ajouté malgré elle.

– À peine. Il grappille quelques pièces à droite à gauche, a répondu Vieille Racine dans un léger sourire. Mais les choses sont imprévisibles au monde de la Poussière Rouge et la divination est en train de revenir à la mode. »

Pendant une fraction de seconde, elle a été tentée de raconter son histoire au groupe. Une histoire imprévisible aussi. Faite de matinées trempées de rosée au parc et d'une soirée dans un restaurant où les étoiles chuchotaient derrière la fenêtre tandis que la lumière chatoyante enveloppait les deux étrangers dans un cocon blanc.

Mais elle s'est rapidement ravisée. À quoi bon ?

Le récit donnerait lieu à toutes sortes de ragots et de spéculations et il ne changerait rien à l'affaire ; il ne permettrait à aucun d'eux de revenir en arrière ; ils ne retrouveraient jamais le temps lointain où il était encore possible de faire des choix différents…

Le téléphone portable de Xia s'est mis à grincer comme dans son souvenir un grillon sous le banc du parc. L'écran affichait le nom d'Ouyang. Elle préférait ne pas décrocher devant les habitants de la cité.

Mais elle commençait à avoir des doutes sur le projet. Les gens paraissaient tellement heureux ici ; ils discutaient devant la cité, ils se racontaient des histoires dans le soir qui se déployait sous un défilé de nuages aux formes changeantes, insouciants du lendemain.

Lui aussi était là, assis au coin de la rue, prêt à répondre aux clients occasionnels qui passaient. S'il était relogé dans une résidence moderne au fin fond d'une banlieue lointaine, il ne pourrait jamais poursuivre son activité.

« Est-ce qu'il risque de s'attirer des ennuis en pratiquant la divination ? a-t-elle encore demandé.

– Il suit la tradition du *Livre des transformations*[1], l'a rassurée Vieille Racine. De nos jours, cet ouvrage fait partie des classiques remis en vogue. On en a même fait une série télé. Il peut sans problème arrondir ses fins de mois grâce à cette discipline. D'ailleurs, qui sait, on peut apprendre beaucoup de choses grâce à la divination, exactement comme en philosophie.

– Si vous décidiez de miser sur lui, il pourrait vous rapporter gros, a ajouté Yingchang dans un large sourire. Un de ses clients lui a suggéré d'installer une vraie boutique avec un néon et un grand bureau, mais ce n'est certainement pas facile d'obtenir une licence pour ce genre d'activité.

– La question est de savoir s'il en a réellement envie », a commenté le vieil homme.

Elle n'a pas répondu tout de suite, ne sachant pas si Chen lui-même croyait réellement à l'art divinatoire.

1. Le *Yi Jing*, « Livre des transformations » ou « Livre des changements » ou encore « Livre des mutations » est un ouvrage antique qui renferme une collection de signes à usage d'oracles.

Mais dans ce nouveau millénaire, les gens étaient prêts à payer pour recevoir un « oracle divin ». Le concept pouvait marcher. *L'Oracle de la Poussière Rouge.* Elle pourrait l'aider à obtenir une licence. Elle connaissait certains membres du conseil municipal. Si l'affaire était bien montée, il sortirait de la misère. Et elle pourrait lui trouver un grand local. Pourquoi pas une suite de luxe dans un des immeubles haut de gamme qu'elle possédait ? Il attirerait alors une clientèle richissime. À Shanghai un diseur de bonne aventure réputé pouvait aussi devenir milliardaire.

Il comptait beaucoup pour elle, elle le savait, pas seulement à cause de leur rencontre au parc du Bund et du soutien qu'il lui avait exprimé dans le restaurant. Elle admirait profondément l'homme qu'il était, son intransigeance face aux mutations de l'époque matérialiste et sa capacité à défendre ses convictions aux dépens de sa propre existence.

« Mencius a dit : *L'homme de bien est celui que la richesse et les honneurs ne sauraient séduire, que la misère et l'adversité ne sauraient avilir, que le pouvoir et la force ne sauraient subjuguer* », a déclaré Vieille Racine comme pour confirmer la réflexion de Xia.

C'était donc à elle de l'aider cette fois, s'est-elle dit au milieu d'un tourbillon de pensées confuses. Il n'était peut-être pas trop tard pour recommencer. Elle pourrait même lui obtenir un bureau dans l'immeuble où elle avait le sien. Un local venait de se libérer au premier étage. À l'image des bancs verts du parc depuis longtemps disparus, leurs bureaux seraient voisins. Après toutes ces années, ils avaient tant de choses à se dire.

Pendant un instant, toutes les possibilités se sont bousculées dans sa tête, et puis elle s'est dit qu'elle n'était plus la jeune fille du parc.

Les ailes du geai bleu ont miroité une dernière fois dans la lumière tombante.

Elle a sorti son téléphone et envoyé un texto au chauffeur pour qu'il vienne la chercher au même endroit, près de l'entrée arrière de la cité, puis elle s'est levée pour prendre congé des habitants, se prosternant devant Yingchang puis devant Vieille Racine.

« Merci de m'avoir raconté son histoire, Yingchang, et merci à vous aussi, oncle Vieille Racine, pour l'estime que vous lui portez. »

Devait-elle mener à bien son projet et raser la cité de la Poussière Rouge ? Elle a décidé qu'elle avait encore le temps de réfléchir.

Alors qu'elle passait le coin de la rue du Fujian, elle s'est retournée pour regarder par-dessus son épaule la cité noyée dans le crépuscule flamboyant. La Poussière Rouge. Les yeux embués, elle a écouté la sirène qui montait du fleuve.

Table des matières

Cet ouvrage a été achevé d'imprimer en février 2013
dans les ateliers de Normandie Roto Impression s.a.s.
61250 Lonrai (Orne)
N° d'impression : 130498
Dépôt légal : mars 2013

Imprimé en France